国文学大师讲

暮色苍茫

陈思和

郜元宝　张新颖　等著

四川人民出版社

图书在版编目（CIP）数据

中国文学大师讲. 暮色苍茫 / 陈思和等著. —— 成都:
四川人民出版社, 2025.1
　ISBN 978-7-220-13541-5

　Ⅰ.①中… Ⅱ.①陈… Ⅲ.①中国文学—现代文学—
文学研究②中国文学—当代文学—文学研究 Ⅳ.
①I206.6
　中国国家版本馆CIP数据核字（2024）第057052号

ZHONGGUO WENXUE DASHI JIANG: MUSE CANGMANG

中国文学大师讲：暮色苍茫

陈思和　　郜元宝　张新颖　等著

出 版 人	黄立新
策划统筹	李淑云
责任编辑	朱雯馨
装帧设计	李其飞
责任校对	林　泉
责任印制	周　奇

出版发行	四川人民出版社（成都三色路 238 号）
网　　址	http://www.scpph.com
E-mail	scrmcbs@sina.com
新浪微博	@四川人民出版社
微信公众号	四川人民出版社
发行部业务电话	（028）86361653　86361656
防盗版举报电话	（028）86361661
照　　排	四川胜翔数码印务设计有限公司
印　　刷	四川五洲彩印有限责任公司
成品尺寸	130mm×185mm
印　　张	5.25
字　　数	93 千
版　　次	2025 年 1 月第 1 版
印　　次	2025 年 1 月第 1 次印刷
书　　号	ISBN 978-7-220-13541-5
定　　价	48.00 元

▶目 录◀

1

"学习"和"忘记"

金理讲金庸《倚天屠龙记》

一

2018 年 10 月 30 日，武侠小说泰斗金庸去世，从微信朋友圈的"泪奔"刷屏，到各大媒体的专题报道，到浙江卫视重播经典 1983 年版《射雕英雄传》……金庸辞世的影响，真可以用巨大、震撼这样的词来形容。

金庸作品首先提供给读者的，是完全不同于现实世界的、由宏阔而瑰丽的想象力所创造出来的另一个世界。我们往往称其为"成人童话"，原因就在于阅读金庸小说时，焦虑、无奈、紧张等情绪都能得到释放，我们每个人都需要一个超越于现实之上的世界去舒张一下精神，释放一下压力。这是金庸小说的魅力所在。

金庸小说也给中国文学带来启示，比如他的叙述语言融汇了典雅的文言和通俗的白话，而且运用得那么纯熟。在中国当代小说当中，从目前来看还找不到第二人。尤其是，金庸作品提供了鲜活而有长久生命力的人物形象。举个例子，《天龙八部》第四十三章，在少室山举行的武林大会上，两大绝顶高手萧远山、慕容博针锋相对，仇人相见分外眼红，眼看又将掀起一场血雨腥风。就在这危急时刻，一位无人知其姓名、日常功课就是打扫藏经阁庭院的僧人出场，以无上武学秒败两大绝顶高手，此后又以上乘佛法化解二人恩怨，这位神秘的僧人就在小说这一回里登场又一闪而过。

通过金庸的演绎，伴随着金庸武侠小说的深入人心，我们今天在日常生活中随口就会提到"无名扫地僧"，他成为一类人物符号，指的是那种非常谦卑的隐藏在民间又神龙见首不见尾的高人。类似例子在金庸作品中不胜枚举，几乎已经可以媲美贾宝玉、阿 Q 这样文学史上经典的人物形象、人物符号。

金庸小说深入人心，其源头，深植于中国传统文化的精髓；其去向，完全进入普通中国人的日常生活。可谓凡有井水处，皆能歌柳词；凡有华人处，皆读金庸书。

二

《倚天屠龙记》是金庸的代表性长篇，以元末朱元璋揭竿而起建立明朝为历史背景，以主人公张无忌的成长为线索，叙写江湖上的恩怨情仇。张无忌是武当弟子张翠山的儿子，父母惨死之后他过着颠沛流离的生活，又在机缘巧合下练成了绝世武功九阳神功和乾坤大挪移，当上了明教教主，此后又身陷抢夺屠龙刀的江湖纷争，遭遇以蒙古郡主赵敏为首的想要统一武林的官方势力的挑战。腥风血雨之后，张无忌与赵敏不打不相识，由敌人变成爱侣，最终退出江湖，携手归隐。

金庸的《倚天屠龙记》是可以从各个角度进入的鸿篇巨制。

我们从张无忌与赵敏、周芷若、小昭等人的离合中，读到爱情；从张翠山与金毛狮王的化敌为友中，读到侠义；从明教兴起与元朝覆亡中，读到历史。

下面，我们选择一个特殊的角度，从金庸作品与中国传统文化的关联当中，来讨论人在学习过程中的一个关键环节。

人的成长过程伴随着学习知识的过程，而最终目的是成就自由自在、通达无碍的人生，这就是人生真谛。任何一种手段和方法都是为这一最终目的来服务的，我们在乎的是这个真谛，而不应拘泥于手法，用古人的话说，就是"得鱼忘筌"。这番道理，我们结合金庸的小说来讨论。

《倚天屠龙记》中有一幕精彩的临阵现场教学：

赵敏带着玄冥二老等高手偷袭少林武当，暗算了张三丰，危急时刻张无忌赶到武当山，连挫赵敏阵中两员大将。

第三场拼斗开始之前，张三丰对张无忌说："无忌，我创的太极拳，你已学会了，另有一套太极剑，不妨现下传了你……我在这儿教，无忌在这儿学，即炒即卖，新鲜热辣。不用半个时辰，一套太极剑法便能教完……"

张三丰"慢吞吞、软绵绵"地练了一套剑法给张无忌看，然后张三丰问张无忌："孩儿，你看清楚了没有？"张无忌道："看清楚了。"

张三丰道："都记得了没有？"张无忌道："已忘记了一小半。"

张三丰道："好，那也难为了你。你自己去想想罢。"张无忌低头默想。过了一会，张三丰问道："现下怎样了？"张无忌道："已忘记了一大半。"

张无忌这边的明教一干人等都吓坏了，临阵磨枪本就是兵家大忌，而且忘记得那么快……张三丰却微笑道："好，我再使一遍。"提剑出招，演将起来。众人只看了数招，心下大奇，原来第二次所使，和第一次使的竟然没一招相同。

最后张三丰画剑成圈，问道："孩儿，怎样啦？"张无忌道："还有三招没忘记。"张三丰点点头，收剑归座。张无忌在殿上缓缓踱了一个圈子，沉思半晌，又缓缓踱了半个圈子，抬起头来，满脸喜色，叫道："这我可全忘了，忘得干干净净的了。"张三丰道："不坏，不坏！忘得真快！"

张三丰传授张无忌太极剑法，初看上去最让人无法理解的是，这个学习的过程居然是通过不断地"忘记"来实现的，那么张无忌忘记的到底是什么？

我们刚才说过，金庸武侠小说的一大魅力，来自对中国古典传统的继承。张三丰传授剑法的原型，我们可以在《庄子》中看到。

其中很著名的一段这样写：

> 颜回曰："回益矣。"仲尼曰："何谓也？"曰："回忘仁义矣。"曰："可矣，犹未也。"他日，复见，曰："回益矣。"曰："何谓也？"曰："回忘礼乐矣。"曰："可矣，犹未也。"他日，复见，曰："回益矣。"曰："何谓也？"曰："回坐忘矣。"

上面这一段翻译成白话的意思是：孔子最优秀的弟子颜回，见到孔子后说："我进步了。"孔子说："你说的进步是什么呢？"颜回说："我忘掉仁义了。"孔子说："还可以，然而不够。"过些日子，颜回又见到孔子，说："我进步了。"孔子说："你说的进步是什么呢？"颜回说："我忘掉礼乐了。"孔子说："还可以，然而不够。"又过些日子，颜回再见到孔子，又说："我进步了。"孔子说："你说的进步是什么呢？"颜回说："我坐忘了。"

我们知道，"坐忘"是道家哲学中最高境界，而这个境界的达成，也是通过不断地"忘掉"来实现的。金庸设计的张三丰传剑给张无忌这一段，和庄子设想的孔子对颜回的调教，其思路甚至对白的用语都前后贯通。

三

那么问题来了，为什么学习的过程同时伴随着忘记，忘记的是什么，掌握的是什么，这里的"忘记"和"掌握"到底构成什么关系？

如果用庄子的话来回答上述问题，那么就是"得鱼忘筌，得意忘言"。

《庄子》原文如下：

筌者所以在鱼，得鱼而忘筌；蹄者所以在兔，得兔而忘蹄；言者所以在意，得意而忘言。

我们来解释一下："筌"是捕鱼的器具，"蹄"是捕兔的工具。就是说，设下捕鱼的器具，目的是捉到鱼，捉到了鱼，就可以把器具忘掉了；设下捕兔的器具，目的是捉到兔，捉到了兔子，就可以把器具忘掉了。庄子这两句话都是打比方，最终引出的结论在后面这句：说话的目的是所要表达的意义，领会了意义，所说的话语就可以忘掉了。

也就是说，我们最终要抵达的是真意的领会，是"意"而非"言"，前者是根本目的，后者是手段，目的达到了，就不要纠缠于手段。

现在，我们可以来回答《倚天屠龙记》中张无忌忘记的是什么、掌握的是什么，张无忌忘记的是具体的招数，领会的是上乘的武学精髓。

我们记得张三丰特意将太极剑法演示了两遍给张无忌看，"第二次所使，和第一次使的竟然没一招相同"，金庸在这个细节里藏着苦心，他就是要提醒我们：具体的招数都是不重要的，只是服务于武学精髓的融会贯通。这二者之间既是手段和目的的关系，也有因果关系：首先，如果我们达到了根本目的，就不需要过于执着于手段；其次，如果我们死抠字眼，则"死于句下"，很可能身陷语言的陷阱而忘了真意的融会贯通。好比上桥是为了渡河，如果在桥头往复徘徊，那如何真正过得了河呢？

你的生命是什么颜色

王宏图讲苏童《飞越我的枫杨树故乡》

一

《飞越我的枫杨树故乡》这篇小说发表于 1987 年，堪称苏童早期创作中的代表作。

虽然在苏童的全部作品中，它在读者中的声望远不及《妻妾成群》《1934 年的逃亡》《红粉》，但它却是苏童全部文学创作灵感的源头。与莫言的高密村、贾平凹的商州和美国作家福克纳的约克纳帕塔法一样，枫杨树村是苏童精心构筑的文学王国，烙上了他个人鲜明的印记。不少读者就是从这篇小说开始熟悉苏童的。批评家蔡翔便是这样，他在这篇作品中看到了"一个优秀小说家的才华，一种忧郁的诗人气质。一种南方的山林之美，一种不羁的自由想象"。估计很多人会有同感。

苏童的这篇小说篇幅不长，但内容却相当丰富。它的叙述并没有沿着自然时间的线性顺序推展，数十年间的诸多人物、事件隐伏在叙述者"我"的脑海中，随着散漫的思绪一一浮现出来，绚烂的罂粟花，浪荡无行的幺叔、野狗、疯女人、失踪的灵牌、奔腾不息的河流，因而全篇小说可以看作是上面这一串意象连缀串合而成。

它与人们习惯的以讲述故事见长的小说有了显著的区别，字里行间散发着浓郁的诗意，像是一首散文诗。

细读全文后不难发现，这篇小说中真正的主人公是家族的不肖子孙幺叔，但苏童并没有直接描写幺叔的经历。小说的叙述者以第一人称"我"的面目出现，以末代子孙的目光，在其梦幻之旅中聚焦上一辈的幺叔的神奇遭际，回溯了家庭数十年间的命运变迁。

那么，这篇作品的具体内容是什么呢？

作为昔日江南乡绅家的小公子，幺叔可说是旧式大家庭衰败的象征。他行事乖张，不务正业，浪荡成性，整日里和野狗厮混在一起，在乡民眼里是个十足的疯子，乡民都觉得他是神鬼投胎，不知他日后带给枫杨树村的是吉是凶。而幺叔闹出的丑事足以让他家脸面丢尽。比如，在清明节祭祖时他竟然溜之大吉，将祖父气个半死。最让人哭笑不得的莫过于那年发洪水时，祖父带着全家上下四十口人和财宝坐船逃难。临出发时，幺叔才带着那条野狗来到岸边。家人想把他拉上船，但忙活了半天也没成功，原来他腿上系了圈长长的绳子，和那条野狗紧紧相连。当祖父下船解绳子时，野狗将幺叔一路拖着，逃得远远的。

这么一个让家人扼腕叹息的浪子，最终不得善终。在苏童的笔下，幺叔的死也显得极为蹊跷，笼罩在一层神秘的浓雾中。据说他水性极好，却偏偏淹死在河中，这一下成了难解之谜。除了那条野狗，看到他溺水身亡的还有一个疯女人穗子。

在叙述者"我"的想象中，那狗目睹了悲剧的全过程，"看见河水里长久地溅着水花和一对男女如鱼类光裸的影子，一声不响"。在家人为幺叔守灵的三天三夜里，这个疯女人竟披麻戴孝地出现了，她光着左脚，右脚却穿着幺叔的黑胶鞋。

这个细节让读者生出许多猜测。他俩究竟是什么关系，相互之间怎么会如此亲密无间？疯女人穗子真是个灾星，不但自己疯疯癫癫，神志不清，而且也使旁人遭殃倒霉。幺叔的死和这个疯女人之间到底有何关联？很多年里，这个疯女人成了许多无良男人欺侮玩弄的对象，因而她每两年就要怀孕一次。产期无人知道，只听说她在生产时爬向河边，婴儿掉入水里，向下游漂去。那些夭折的婴儿长得异常美丽，他们发出的哭声却像老人一般苍凉而沉郁。

读者不禁要问，难道这个疯女人曾经怀上过幺叔的孩子？苏童到全篇结束时只是做了些许含蓄的暗示，没有给我们一个明确的答案。

更为神奇的是，在幺叔落葬的前一晚，守灵的男孩竟然看到他死后开眼，眼睛像是春天里罂粟花的花苞，里面开放着一个女人和一条狗。这两样东西是他生活中最重要的，成了他短暂一生的缩影。

幺叔不幸的命运似乎早有预兆。他每年都在村里的鬼节上充当送鬼人，穿着那双黑胶鞋，站在牛车旁。人们说后来牛看到黑胶鞋就发出悲鸣，连他自己都说走过牛栏时听到众多的牛在诅咒他不得好死。这还不算，还有更让人惊悚的事。

在枫杨树村里，依照年代久远的传统，每个人出生便有一枚灵牌安置在家族的祠堂中，人死后灵牌焚火而亡，化成吉祥的鸟便会驮着亡灵袅袅升天。但幺叔仿佛中了邪一般，他活着的时候那枚灵牌就消失不见了，这预示着他的亡魂将无法找到应有的归宿，成天四下里游荡。尽管没有过多的细节铺陈，幺叔的命运还是令人扼腕，而叙述者"我"则担当起了将他的亡魂带回故乡的使命，那儿是生命的源头，他将在那儿得到最终的安息。

二

开始阅读作品之前，有的读者期待这是一篇标准的现实主义小说。但读完全文，你会发现完全不是这么回事。

虽然小说将时间背景置于20世纪中叶，一些日期还相当明确，比如1956年便是一个关键性的年份，这一年"我"刚出生，而幺叔则不无神秘地死去。但纵观全篇，不难发现，人物的命运与具体的历史背景和重大历史事件之间并没有紧密具体的联系。作者根本无意以写实的笔法精准地展示那个年代的风云变幻，而更多地只是将它们作为一个虚化的背景，一个诗意化的符号罢了。

了解当代文学演变的读者不难发现，《飞越我的枫杨树故乡》是1985年小说革命后的产物，它打破了传统小说的惯有写法。你也许知道，以前的小说大多以逼真的写实为特征，人物、情节、历史背景清晰可辨，但《飞越我的枫杨树故乡》不是这样，它表面上只是由一大堆绚烂奇特的意象堆积而成。我们这样说，并不是意味着它与历史巨变毫不相关，它也涉及了在历史巨变的浪潮中，古老家庭的解体、衰败和新生等严肃的话题，以崭新的面貌令读者耳目一新，将中国当代文学提升到了一个新的高度。

它也受到了拉美魔幻现实主义文学的影响，最典型的便是哥伦比亚作家马尔克斯的《百年孤独》。和《百年孤独》一样，苏童的这篇小说叙述的也是家族的兴衰，笼罩上了一层魔幻的色彩。

在中国传统社会中，家族是社会的核心细胞。这篇小说中的祖父和宗祠中年迈的老族公便是这一宗法组织的代表，他们的职责便是维系宗法家族的正常运转，让它的信念、规则一代代传下去。

祖父在临终之际还念念不忘让"我"这个年轻的后辈去把幺叔带回来。由于幺叔的肉身早已入土，这儿指的是将他的魂带回故乡。在祖父眼里，幺叔除了不成器之外，最大的不幸便是生前便丢失了灵牌，这样他的灵魂将找不到安息之处，只能孤魂野鬼般地四处游荡。而家人的职责便是找到他的游魂，将他带回孕育其生命的故乡，他的祖祖辈辈长眠于此，只有在故乡，他生前犯下的种种过失罪孽才能一笔勾销，灵魂才能得以净化，才能重新回到将他与先辈和后代联为一体的澎湃的生命之河。

苏童这篇作品尽管不是写实的，但它还是触及了时代的变迁。

幺叔死于1956年，在这时期中国发生了翻天覆地的社会变革，旧有的社会结构被彻底摧毁，依附其上的旧家族也趋于衰败没落。然而，传统的力量是如此坚韧强大，即便经过那番风云变幻，它依旧存活了下来，为人们提供着生命意义的支撑。因此，《飞越我的枫杨树故乡》也是一部寻根之作，枫杨树村不仅是叙述者"我",也是在野地中游荡的幺叔的生命之根。将他的亡魂带回故乡,不仅是在履行后辈的伦理责任,而且也是自我发现、自我价值确认的必经之路。就像苏童在结尾时点明的那样,遥远的故乡将不时浮现在梦境中,陪伴你走过漫长的人生旅程。

三

除了幺叔神秘的命运外,这篇小说对于色彩的描绘也给读者留下了极为深刻的印象。小说全篇一开始便是罂粟花的奇丽意象,可谓先声夺人:

> 直到五十年代初,我的老家枫杨树一带还铺满了南方少见的罂粟花地。春天的时候,河两岸的原野被猩红色大肆入侵,层层叠叠,气韵非凡,如一片莽莽苍苍的红波浪鼓荡着偏僻的乡村,鼓荡着我的乡亲们生生死死呼出的血腥气息。

和莫言的成名作《红高粱》一样,红色成了《飞越我的枫杨树故乡》的主色调。苏童像一个激情澎湃的画家,酣畅淋漓地将红色泼洒到画布上,营造出璀璨辉煌的效果。红色在篇中几经变奏复现,如"猩红色的欲望"、泛着红色的河流，一直到全篇临近结束时达到了一个新的高潮：

> 那将是个闷热的夜晚，月亮每时每刻地下坠，那是个滚滚沸腾的月亮，差不多能将我们点燃烧焦。故乡暗红的夜流骚动不息，连同罂粟花的夜潮，包围着深夜的逃亡者。

在这篇作品中，苏童对于红色的描绘远远超出了修辞的需要，它和他力图表现的主题密切相关。众所周知，红色是一种极为强烈的颜色，喻示着人类情感的各种极致境界。它同时又和流淌在人们周身的血液的色调相同，因而成了生命的象征。死亡、血腥的杀戮与它也脱不开干系。

红色是中国人最为钟爱的颜色，婚庆喜事用的是红色，逢年过节时家家户户悬挂的中国结也是红色，它成了大吉大利的符号，也寄寓着世世代代人们对未来的美好期盼。在上面这段引文中，红色几乎占据了整幅画面，它将苍凉沉郁的人世沧桑囊括收拢在里面，将生与死、天地间的一切融化在一起，奏响了一曲既壮怀激烈又温婉凄迷的旋律，那是生命的颂歌，包蕴了正与反、阴与阳、明与暗等对立的元素，达到晋代诗人陆机在《文赋》中所说的"观古今于须臾，抚四海于一瞬"那高远雄阔的意境。

　　从这个意义上，我们可以说，红色是生命之根、生命之源的象征。它磅礴浩大，璀璨辉煌，它哺育了生命，衍生出万物。它就存在于你我的身上，存在于每个人的血脉中，时时刻刻地陪伴着你。当人们误入歧途、陷入困窘之际，常常会去寻觅他们的生命之源。红色便是这生命源泉的写照，那血腥的气息成了寻根之旅最终的归宿。

农妇的命运
陈晓兰讲萧红《生死场》

一

《生死场》创作于1934年，是萧红的第一部长篇小说，于1935年作为"奴隶丛书"之一在上海出版。

写《生死场》时，萧红23岁，此时的萧红已经历了过多的痛苦，逃婚、自由恋爱失败、未婚先孕、生育、孩子不知所终、日本入侵中国、东北沦陷、流亡……这些痛苦既是萧红生为一个女性个人所遭遇的痛苦，也是她作为一个中国人所遭遇的苦难，这也使萧红过早地思考生与死的问题。

在《生死场》中，植物、动物，大自然的繁衍生息，是和女人的生育、女人的苦难以及国家的普遍苦难密切地结合在一起的。这部小说也被认为是最具女人味的作品，萧红以独特的笔触书写了生命的孕育、诞生和生命所遭受的暴力侵袭。

小说一共有17节，前10节主要描写东北闭塞的乡村生活，特别是妇女们的苦难；后7节写九一八事变后，日寇入侵，村里的男男女女们所面临的更广大的恐惧和死亡。

《生死场》表现的是与土地最贴近的农民的生存状况，其焦点则是处于中国社会结构金字塔底层中的底层——农村妇女。当城市里的现代女性为恋爱自由、个性解放、两性平等、教育权利、工作权利而斗争的时候，在东北一个远离现代社会的小村庄里，农妇们没有不劳动的权利，她们必须承担繁重的生产和家务劳作。与此同时，她们还在遭受着来自社会结构、文化习俗所默许的家庭的暴力。当日寇入侵、民族危亡、村庄解体、家园丧失的时候，她们又面临着日寇的强暴、丧失丈夫和孩子的痛苦，她们与男人们一起遭受着入侵者的集体暴力所带来的极度的恐惧和更广大的苦难。

《生死场》中描写了一群妇女，有些甚至连自己的姓名都没有，她们劳作、生育、被家暴、被剥夺孩子，遭受疾病和死亡。

小说开场第一节"麦场"，写了一个叫麻面婆的女人，她就像牲畜一样地活着，作者用了一系列的动物意象描写她的生存状态：

> 眼睛大得那样可怕，比起牛的眼睛来更大，而且脸上也有不定的花纹。

她知道家人要回来吃饭，慌张着心弦，她用泥浆浸过的手去墙角拿茅草，她沾了满手的茅草，就那样，她烧饭，她的手从来没用清水洗过。……过了一会儿，她又出来取柴，茅草在手中，一半拖在地面，另一半在围裙下，她是拥着走。头发飘了满脸，那样，麻面婆是一只母熊了！母熊带着草类进洞。

　　让麻面婆说话，就像让猪说话一样，也许她喉咙组织法和猪相同，她总是发着猪声。

　　听说羊丢，她去扬翻柴堆，她记得有一次羊是钻过柴堆。但，那在冬天，羊为着取暖。她没有想一想，六月天气，只有和她一样傻的羊才要钻柴堆取暖。她翻着，她没有想。……她为着要作出一点奇迹，为着从这奇迹，今后要人看重她。表明她不傻，表明她的智慧是在必要的时节出现，于是像狗在柴堆上要得疲乏了！手在扒着发间的草秆，她坐下来。她意外地感到自己的聪明不够用，她意外地对自己失望。

　　麻面婆为这只羊哭号，就像她们哭号死去的人一样。哭泣和哀号也是农妇们表达悲哀的方式。像麻面婆一样，永远不会反抗，不会争斗，心里永远藏着悲哀，无知、愚昧、被动、无奈，像牲畜一样劳作、生养。

二

　　小说第六节"刑罚的日子"，描写了夏日农民们在田野里忙着生产，某家屋后的草堆上大肚子的狗在生产，大肚子的母猪贴着地面行走，无名的女人像一条鱼一样赤裸着身子趴在草堆上生产，醉酒的丈夫咆哮着问她要靴子，骂她在装死，并把一杆长烟袋、大水盆扔向那挣扎着的产妇，惧怕丈夫的产妇慌张着压抑住自己的呻吟。孩子死了，女人倒在血泊里。金枝在这个夏天也度过了她的刑罚般的日子，她还是个孩子，却挺着一个膨胀的肚子，烧火、煮饭、挨骂。

　　女人在乡村的夏季贫瘦得像耕种的马一样。在这个村庄里，人的生命、人的价值有时甚至还不如一头牲畜那样宝贵。

　　男人们会为了一头牲口、为了邻居踩踏了自己的菜地而打架，或者为了别的什么缘故打骂女人和孩子。女人们会为了一只碗、一双靴子打骂孩子。她们怕靴子磨破，而不怕把孩子的脚冻烂。母亲可能是爱女儿的，可是，"当女儿败坏了菜棵，母亲便去爱护菜棵了。农家无论是菜棵，或是一株茅草也要超过人的价值"。

　　金枝，她只有 17 岁，却未婚怀孕，她恐惧、心神不宁，在摘柿子的时候摘了青柿子，被母亲打了一顿：

> 金枝在沉想的深渊中被母亲踢打了："你
> 发傻了吗？啊……你失掉了魂啦？我撕掉你
> 的辫子……"金枝没有挣扎，倒了下来：母
> 亲和老虎一般捕住自己的女儿。金枝的鼻子
> 立刻流血。

在这个村庄里，一方面，男女的性关系、未婚男女的来往都是处于社会舆论的监督之下的，规矩是严厉的。家长对于孩子的情感、婚姻拥有决定权，包办婚姻依然是天经地义的。女人是生育的工具和男人泄欲的工具。另一方面，一个女孩子单独在河沿上或其他地方出现是危险的，未经婚姻许可的两性关系和性关系都被认为是伤风败俗的，是可耻的。金枝与同村青年成业的关系，没有什么爱情可言，是男性自然本能的冲动，金枝因他怀孕不得不嫁给他。但是，结婚几个月后，这个男人很快就厌烦了，金枝成了他的出气筒。后来金枝早产，生下了小金枝。成业口口声声要卖掉老婆和孩子还债，他一气之下摔死了女儿，尸体被扔到乱坟岗上，过了两天，气消了，理智恢复了，跑到乱坟岗上去寻找孩子的尸体，发现尸体已经被狗扯了，哭了一通也就算了。

我们可以看到，在这个村庄里，家庭暴力是十分普遍并被大家认可的，父母打骂孩子，丈夫打骂妻子，是家常便饭。一个男人，即使他本人处于社会的底层，但是，他在家里依然拥有无限的权力，他主宰着家庭的财产和家庭成员的命运。他对于妻子和孩子具有生杀予夺的权力。金枝的丈夫并没有为摔死自己的孩子而受到什么舆论的谴责和法律的制裁。

　　后来，日本人进村了，男人们死的死，逃的逃，抗日的抗日，寡妇送儿子参加义军，女人为死去的丈夫、儿子、女儿哭泣。金枝与许多女人一样，逃离乡村，跑到城里，她像一个垃圾桶、一条病狗似的睡在阴沟边上，后来靠缝穷过活，可又遭到男人的性侵。金枝走投无路。哪里是金枝的栖身之所呢？金枝从前恨男人，现在恨日本人，最后她恨中国人。那些殴打金枝、强暴金枝的男人，在面对妇女、孩子这些弱者时非常强悍，可是，他们既无能面对天灾人祸，也无力对抗外来的压迫和暴力，更无力抵抗异族侵略者的暴行。

三

　　《生死场》中的女性就像脚下的大地一样，藏污纳垢，逆来顺受，被践踏、被蹂躏，生生死死，遭受苦难，死去的不被纪念，活着的顽强地活着。

小说中最富有个性和生气的女性是王婆，孩子们送给她一个外号"猫头鹰"。王婆一生亲历过无数次生老病死的惨烈景象，二十几岁时，眼睁睁地看着自己3岁大的孩子跌落在犁铧上当场惨死。孩子死了，王婆忙着割麦，与邻人比麦粒的大小，直到麦子收割完了，她看见邻人的孩子长起来的时候，才忽然想起了自己的孩子。她后来不断给村人讲述早年的惨痛经历，回忆自己的过往，述说她的命运，反省年轻时的无知和冷酷：

> 孩子死，不算一回事，你们以为我会暴跳着哭吧？我会号叫吧？起先我心也觉得发颤，可是我一看见麦田在我眼前时，我一点都不后悔，我一滴眼泪都没淌下。

坚强来自苦难。从孩子死的那一刻起，王婆就什么都不看重了。她看见小狗被车轮碾死，庄上谁家养孩子养不下来，她拿着钩子把孩子搅出来。王婆接生过无数孩子，也见惯了女人和婴儿的死亡。

后来，王婆的儿子被枪毙了，王婆痛苦不堪，服毒自杀，丈夫在乱坟岗上给她找了一个位置，可是王婆却气息不绝，发出吼声，活动着想要起来。惊慌的人们说她是死尸还魂。王婆的丈夫赵三用他的大手把扁担压过去，"刀一般地切在王婆的腰间"，她的肚子、胸膛肿胀，她的眼睛像发着电光。生命的迹象被压了下去，王婆的气息似乎被熄灭了，她被装进棺材里。可是，王婆终于没有死。王婆"死而复生"，历经苦难而顽强地活了下来。之后，她亲眼见证了日寇的入侵、乡村的凋敝，男人和女人的死亡，其中包括她的女儿。

四

《生死场》中的女性，作为受难者、牺牲品、被剥夺孩子的母亲、苦难中的幸存者，与五四新文化中奋斗的新女性和理想化的母亲形象形成了鲜明的对照。五四以来弘扬母爱的主旋律赋予母亲以特殊的意义，母亲被视为与父权相对的存在，在现代知识分子——肩负现代民族国家建构重任的儿子和女儿们——的成长中，发挥了重要的作用。可以说，萧红与张爱玲逸出了这个主旋律。萧红与张爱玲都深受家庭之痛，但她们不是通过弘扬母性价值、批判父权制的传统家庭，以重建一种新的家庭和人伦关系乃至社会关系。对于萧红与张爱玲来说，母性价值本身就是父权制家庭与社会的产物，母亲是维护者，也是受害者、施害者。

萧红不像冰心、丁玲等女作家那么幸运，她没有享受过伟大的母爱和父爱，唯有懒散的祖父和后花园为她灰色的童年增添了光明和温暖。小时候被老祖母用针刺手指，母亲的恶言冷语，父亲的殴打和冷酷无情，是她童年刻骨铭心的记忆。萧红曾说："过去的十年我是和父亲打斗着生活。在这期间我觉得人是残酷的东西。父亲对我是没有好面孔的，对于仆人也是没有好面孔的，他对于祖父也是没有好面孔的。因为仆人是穷人，祖父是老人，我是个小孩子，所以我们这些完全没有保障的人，就落到他的手里。"他们都十分惧怕这个一家之主，连萧红的母亲、继母也惧怕他。后来，萧红发现，亲戚家、邻居家的女人也都怕男人。她渐渐地明白，在一个男尊女卑的社会里，男人是有权打骂女人的，而那些被男人们打骂的妈妈们，打起自己的孩子们来也是十分疯狂的。

萧红是靠经验写作的作家，童年的经验深刻地影响了她的一生和写作。

萧红曾说："我一生最大的痛苦与不幸，都是因为我是一个女人。"

萧红的作品给予女性特别的关注，但是，萧红不只是在两性关系中表现女性，而是通过日常生活的场景、故事，展现女性所生存的背景，揭示女性命运和行动的逻辑。

在以呼兰河为主题和背景的作品如《呼兰河传》中，萧红勾画了她的人物所处的社会结构和意义体系，每一个人，男人、女人，老人、孩子，强大的和弱小的，都陷入一种由迷信和愚昧所控制的封闭的社会结构和价值体系中，按照自然势力、习惯法则、生存本能延续下去：

　　生了就任其自然地长去；长大就长大，长不大也就算了。

　　眼花了，就不看；耳聋了，就不听；牙掉了，就整吞；走不动了，就瘫着。

　　……

　　呼兰河的人们就是这样，冬天来了就穿棉衣裳，夏天来了就穿单衣裳。就好像太阳出来了就起来，太阳落了就睡觉似的。

　　遵从一切古已有之和现行的惯性、法则，逆来顺受。就像他们想不起来填埋那个泥坑，反而从中寻找益处，马淹死了吃马肉，猪淹死了吃猪肉，如果有一个小孩出来说你们吃的是瘟猪肉，这个孩子就会被妈妈打，然后还会被奶奶打。在这里，父亲打母亲，母亲打孩子，孩子往疯子、傻子、瞎子身上扔石子，或者把他们引到沟里去。一切不幸的人中最不幸者就是叫花子，狗咬叫花子。哪里都有不幸的人、不幸的事，看得多、听得多了，也就不以为奇了。你若问他们人活着为了什么？他们会说："活着就是为了穿衣吃饭。"因此，不论经历怎样的天灾人祸、生老病死，活着的照旧回家过日子，平平静静地活着。

萧红是一个天才的作家，但却不算是一个在艺术形式上自觉的作家，她不像简·奥斯丁、张爱玲那样精心构造自己的作品。她的作品仿佛是一幅拼贴画，由一个个场景、人物素描、片段连缀而成，是碎片化的、日常生活的状态，因此，也最具现实主义特质。她揭示了大家习以为常的生活惯性、习俗中的畸形、怪异、丑陋和病态。她不需要精神分析理论，因为，生活本身就是病态、扭曲、畸形的，而最畸形、病态的莫过于将畸形、病态视为理所当然。

新女性与旧枷锁

陈晓兰讲张爱玲《半生缘》

一

《半生缘》是张爱玲第一部完整的长篇小说，发表时题名《十八春》，署名"梁京"，连载于 1949 年 7 月在上海创刊的一家小报《亦报》。《亦报》创刊于上海解放后两个月，它不同于旧时代的小报，面貌一新，吸引了很多名家，如周作人、丰子恺等知名作家都曾在上面发表过作品。为了吸引普通读者，扩大发行量，这份面向普通读者的小报连载小说，张爱玲的《十八春》就连载于 1950 年 3 月底到 1951 年 2 月中旬，当时引起了不小的社会反响。

由于这部小说创作与发表的这一特殊背景，小说一方面要顾及它的读者——都市普通市民的趣味，因此，《十八春》依然以旧家庭的衰败和钩心斗角的日常生活为题材，这也是张爱玲最擅长的题材；另一方面又要考虑《亦报》这份小报的官方背景。因此，小说中增添了一些政治色彩，最后，以大团圆结局，主要人物投身更广大的社会生活，给人物的命运增添了喜剧色彩，也算是给读者一种安慰。

但是，张爱玲自己不满意这样的结局，后来做了修改，删除了"光明的尾巴"，题名《半生缘》。《半生缘》被改编为电影、电视剧，想来大家对于故事情节都已熟悉。但是，我们阅读文学作品，不仅仅是被惊心动魄的故事情节所吸引，而是在对人物的悲剧命运唏嘘不已、扼腕叹息的同时，深入思考造成这种悲剧的深层原因，认识人物生存于其间的社会文化习俗以及这种文化对于人性的塑造。

根据小说中所涉及的重大的历史事件，可以推断故事发生在1932年到1950年期间。小说的开端，男女主人公出场的时间，正是五四新文化运动发展到最辉煌的20世纪30年代。女主人公顾曼桢接受了现代新式教育，在一个工厂的写字间做打字员，业余时间教书，她为支撑一个大家庭做了几份工作。可以说，她是一个有文化、经济独立、有责任心的新女性。男主人公沈世钧，学的是工程专业，大学刚毕业，在曼桢所在的工厂里实习，以逃避父亲为他安排好的前程——继承父业，经营皮货店的生意。曼桢与世钧相识、相爱，曼桢一直鼓励世钧离开父家，开创自己的事业。

这一对青年本来可以走向幸福生活，战争和社会动荡都没有直接影响到他们的生活轨迹。那么，是什么阻碍了他们事业的发展和幸福生活呢？这正是这部小说揭示的问题。

《半生缘》虽然是一部爱情小说，但更是一部家庭小说。占据小说中心的不是主人公的工作、事业以及相关的公共社会关系，而是他们所属的家庭，以及血缘亲情关系。这些家庭似乎远离整个社会，像一个封闭的世界，不论世事如何变迁，依然按照它的价值观念和逻辑延续着，哪怕这种价值观念、这种逻辑，极其荒谬、极其残酷。

在一个公共社会极不发达的文化中，家庭对于个人就变得特别重要，它是一个人的依赖和归属，同时也是一种负担。了解中国家庭的实质，是了解中国人情感、性格乃至人性的重要入口。现代时期的很多作家，如鲁迅、巴金等，对于中国传统家庭的本质，特别是对于其阴暗面，予以深刻的批判。张爱玲对社会世相的深刻认识，可以说，也是来自她对于旧式大家庭的真切体验。

二

张爱玲在她的小说中解构了这种家庭。她小说中的家庭都是非常糟糕、很不健康的。

我们来看看《半生缘》里的家庭。这是三代同堂的家庭，祖母、母亲、两个成年女儿、四个未成年的孩子。父亲在曼桢十四岁时去世了，这个家立刻陷入困顿。大女儿曼璐为供养全家做了舞女，后沦为私娼。作者无意于指控社会制度的不公，而是让我们思考：曼璐有没有另外的选择？她可不可以像曼桢那样，找一份或几份正当的工作？但是，曼璐无知无识，除了身体（她很漂亮）一无所有，而她的母亲、祖母却默认并鼓励曼璐走这条道路，以维持她们舒适的生活：大房子、仆人，以及男孩子的教育，等等。

　　曼璐本来是一个非常值得同情的可怜的女人。

　　在雨果的《悲惨世界》中，芳汀为了养活她的孩子，打工、卖淫，卖了自己，最后连牙齿、头发都不剩下，可是，在她身上没有任何一点低贱、卑琐的东西。在一个不合理的社会，一个女人、一个母亲，或者女儿，不得不牺牲自己，靠卖身来养活自己和亲人，这不是女人的耻辱而是社会的耻辱，芳汀也被视为地母一样的女人，藏污纳垢滋养生命。

　　但是，《半生缘》里的曼璐丝毫不会引起我们这样的感觉和同情。她是家庭的奉献者、社会的牺牲品，但她又极其自私、冷酷，以牺牲亲情、毁灭妹妹的一生索回报酬。她为了有一个栖身之所，千方百计地抓住祝鸿才，小说中写道："就仿佛像从前有些老太太们，因为怕儿子在外面游荡，难以约束，竟故意地教他抽上鸦片，使他沉溺其中，就像鹞子上的一根线提在自己手里，再也不怕他飞得远远的不回来了。"

祝鸿才是一个从外形到灵魂都极其丑陋的男人，但也是当时比较普遍的一类男人。在双重的性道德和一夫多妻制下，他的行为被视为正当。曼璐和她的祖母、母亲，对于这个男人极其依赖。曼璐与祝鸿才合谋强暴自己的妹妹，借腹生子，绞杀曼桢的一生幸福。而她对于祝鸿才前妻所生的女儿招弟，也非常刻薄，她把对祝鸿才的不满都发泄在他的女儿身上。小说表现了曼璐这样的女性极其冷酷、残忍的一面。我们不禁会联想到《金锁记》中的曹七巧，曼璐和曹七巧其实是一类女人。不幸的女人往往通过施害于她身边的亲人或弱者，报复社会，报复人生。

张爱玲在情感和婚姻生活中揭示人性的自私、黑暗、扭曲。生活在同一屋檐下的人，为了利益和莫名的原因，互相算计，彼此厌恶，充满仇恨。各种形式的、隐形的暴力，无时无刻不在发生。

再来看看曼桢的母亲。

人生最大的灾难就是在一个愚昧无知的母亲手里长大。

母亲靠着曼璐过着舒适的生活，正是她暗示曼璐为祝鸿才借腹生子。听了母亲的那一套妈妈经后，曼璐打起了妹妹的主意，她潜意识中的那"野兽的黑影"到一定的时候就会循着熟悉的路来找她了。

在得知女儿被强暴后，母亲在世钧和鸿才之间做出了选择。因为她本来就是一个唯利是图、只重眼前利益的人，更不要说有什么理智和判断了，在重要的关头，利欲总是替她做主。在她本可以向世钧求救的时候，她摸到兜里的一沓钞票，觉得如果救了曼桢就对不起曼璐。本来这样的母亲与曼璐就有着更多相通之处，她甚至认可了曼璐将曼桢嫁给祝鸿才的安排，在她看来，这一切都是正当而合乎情理的。在曼璐和曼桢之间，她选择了曼璐，她心安理得地接受祝鸿才的金钱，放弃了曼桢，尽管曼桢曾经证明，完全可以依靠自己的辛苦劳动供养全家。

在曼桢被囚禁的一年里，她的祖母、母亲，还有她的弟弟伟民、杰民（多么具有讽刺意味的名字啊）从来都没有过问她的情况。他们完全被姐姐和母亲编造的谎言所蒙蔽了。在她堕入人生最黑暗的一年间，他们全都从她的生活中消失得无影无踪。张爱玲就是如此犀利地撕下了家庭温情的面纱。

三

再来说说世钧。

他本来是可以救曼桢的。尽管小说安排了很多情节，为世钧的无所作为提供了合理的原因。但是，世钧的性格决定了他不可能施救。

小说中对于世钧家庭的描写，为世钧的性格做了注解。他的家庭也是对于曼桢的家庭以及祝鸿才的家庭所做的补充。世钧的父亲与祝鸿才其实是一类人，一个皮货商人，有一个妻子和一房姨太太，曾经与曼璐有染。世钧的母亲和姨太太为了争夺一个男人费尽心机，钩心斗角。生活在这样的家庭里的世钧，落寞，压抑，隐忍，退让，得过且过。他最终回到父母的家庭，继承父业，本身就说明了他的妥协和退缩。而且，他对于爱情本身并没有坚定的信心或者说根本没什么信念（曼桢曾经在给他的信中说：我会永远地等着你），所以，他轻易地相信了曼桢母亲和姐姐的谎言，而且为了缓解自己的失落，很快就结了一桩没有爱情的婚姻。最后，当他知道了曼桢所经历的一切后，他除了沉默，没有任何行动。

这样的故事，按照西方浪漫主义小说的模式来结构的话，一定会演绎出完全不同的结局。世钧在曼桢失踪后，一定会凭借自己的聪明才智找到被囚禁的曼桢，救出曼桢，顺便把祝家打个稀巴烂，惩罚祝鸿才和曼璐。或者，按照现代的逻辑，在心爱的人失踪后报警、解救。解救受难者，将施暴者绳之以法，有情人终成眷属，伸张古老的正义法则：罪必惩罚，善有善报，恶有恶报。

但是，张爱玲按照中国人的逻辑安排她的人物的命运。若干年后，曼桢是为了孩子嫁给祝鸿才，结成一桩令人作呕的婚姻，最终遂了她姐姐和母亲的心愿，落入她们和祝鸿才为她编织的罗网。曼桢算得上一个经济独立的现代女性，但却终归逃脱不了因袭的枷锁。

《半生缘》围绕着曼桢的遭遇，揭示了她自己，以及她身边那些所有至亲至爱者的行动逻辑。这种逻辑，不仅是他们各自的性格和道德观念决定的，也是他们所生活于其中的文化惯性所决定的。在他们依赖和归属的家庭这个世界里，其实没有真正的爱，也没有是非观念，更不存在丝毫的正义可言。

在这个意义上说，张爱玲的小说揭示了一个价值虚无主义的家庭世界，而这个小世界正是组成社会这个大世界的最基本的细胞。

"不传！不传！"

孙洁讲老舍《断魂枪》

一

《断魂枪》发表于 1935 年 9 月 22 日的《大公报 · 文艺》，是新旧交叠的 20 世纪中国社会面临的最重大的问题的一个微小的缩影。

这个重大的问题就是 20 世纪新旧文化交战的问题，旧的历史、文化、技术、艺术被轰轰烈烈呼啸而来的时代车轮无情地碾碎，被坚船利炮炸醒的中国千年大梦，就这样浓缩在沙子龙"不传"的枪法里，被这篇《断魂枪》永久地封存。

没有比 20 世纪对中国传统文化更不友好的时代了，就像沙子龙的那六十四路枪法的遭遇。它先被西方列强的枪炮炸平一遍，再由五四一代知识分子鄙薄一遍，又在随后的更尖锐的民族矛盾中被各种功利主义的理念蹂躏一遍，最后，在一个叫"文化大革命"的年代被彻底地砸烂。

我们知道，那一天，在国子监被迫看京剧院价值连城的衣箱被焚烧殆尽的次日，老舍本人也奔赴茫茫湖水。从此，再也没有一个热爱中国文化却一生都眼睁睁看着文化传统被锈蚀、摧毁终至万劫不复的满族老人，再在心底里喊出倔强的"不传"的声音。

二

"东方的大梦没法子不醒了。"这是沙子龙，也是老舍，更是20世纪的中国人面临的共同绝境。

一方面，中华民族一直在做"东方的大梦"，一直在自我陶醉，自我沉迷，用鲁迅的话说就是"红肿之处，艳若桃花，溃烂之时，美如乳酪"，这样的对"僵尸的乐观"的否定，是五四一代文人共同的话语指向，也是老舍这样的五四后第二代文人对五四精神的心领神会之处，并由此导向如"国民性"检讨这样的一生持有的创作主题。

另一方面，"东方的大梦"不是自己醒来的，是被西方列强狂轰滥炸之后醒来的：

　　炮声压下去马来与印度野林中的虎啸。
半醒的人们，揉着眼，祷告着祖先与神灵；
不大会儿，失去了国土、自由与主权。门外

立着不同面色的人，枪口还热着。他们的长矛毒弩，花蛇斑彩的厚盾，都有什么用呢；连祖先与祖先所信的神明全不灵了啊！龙旗的中国也不再神秘，有了火车呀，穿坟过墓破坏着风水。枣红色多穗的镖旗，绿鲨皮鞘的钢刀，响着串铃的口马，江湖上的智慧与黑话，义气与声名，连沙子龙，他的武艺、事业，都梦似的变成昨夜的。今天是火车、快枪，通商与恐怖。听说，有人还要杀下皇帝的头呢！

对此，五四第一代文人（如鲁迅、胡适）一方面痛心疾首，一方面引发了他们长久的"球籍"思虑；五四后第二代文人（如老舍、沈从文）则更多地以凭吊的方式展开他们的文化图景渲染。

老舍曾经把自己和自己的同龄人称为"旧时代的弃儿，新时代的伴郎"（《何容何许人也》，1935 年）。他说，他们这些人——

他们的生年月日就不对：都生在前清末年，现在都在三十五与四十岁之间。礼义廉耻与孝悌忠信，在他们心中还有很大的分量。同时，他们对于新的事情与道理都明白个几成。以前的做人之道弃之可惜，于是对于父母子女根本不敢做什么试验。对以后的文化建设不愿落在人后，可是别人革命可以发财，而他们革命只落个"忆昔当年……"。他们对于一切负着责任：前五百年，后五百年，全属他们管。可是一切都不管他们，他们是旧时代的弃儿，新时代的伴郎。

作为自己的镜像，老舍塑造了沙子龙（《断魂枪》）、黑李（《黑白李》）、祁天佑（《四世同堂》）这样一批理想的保守主义者的形象。在理智上，老舍知道东方的大梦没法子不醒，但是，出于对本土文化最深厚的感情，他希望守护住沙子龙最后的一点尊严，所以，在小说的最后写道：

> 夜静人稀，沙子龙关好了小门，一气把六十四枪刺下来；而后，挂着枪，望着天上的群星，想起当年在野店荒林的威风。叹一口气，用手指慢慢摸着凉滑的枪身，又微微一笑："不传！不传！"

这是老舍在20世纪30年代通过以《断魂枪》为代表的一系列作品想表达的一个总体的意思。

三

《断魂枪》有一个后来被删掉的题记：

> 生命是闹着玩，事事显出如此，从前我
> 这么想过，现在我懂得了。

这个题记来源于英国剧作家约翰·盖伊（John Gay）的墓志铭。老舍为什么借这样一个墓志铭来做《断魂枪》的题记？他希望通过小说《断魂枪》埋葬什么，感慨什么？我认为这个题记传递出来两重信息。

第一重信息：《断魂枪》的故事显示了一种看破，就是所谓的看破红尘的看破，传递了老舍的虚无感。生命到最后，大家都是一抔黄土，生命是没有意义的，扩展开去看，在更广的意义群上，时代、世界、世象的万端是否确实有意义呢？

第二重信息，老舍通过这个墓志铭透露出一种绝望的情绪。20世纪的现代文明对于中华民族经过几千年发展渐次成形的各种程式、各种传统、各种心理，都有不需论证的强烈的破坏的作用，这令老舍悲观失望。这也指向了小说中沙子龙一再说的"不传"二字。

沙子龙说，这个枪法我是不传的，我带着它进棺材。小说最后，在"对影成三人"的孤寂中，沙子龙又一次对着自己的内心，说"不传"。"不传"二字在全篇一再出现，直到结尾达到高潮。"不传"显示了沙子龙——也是老舍——当时的一种最深的绝望，他希望这个绝技到此为止，因为它已经和以破坏传统为荣耀的新时代完全南辕北辙了，唯一的守护方式就是"不传"。

这是一种极端的绝望情绪，和以墓志铭做的题记形成了完整的呼应。

四

《断魂枪》是老舍本人的得意之作。

他在《我怎样写短篇小说》中说:《断魂枪》是"把十万字的材料写成五千字的一个短篇"。他进而解释道:

> 在《断魂枪》里，我表现了三个人，一桩事。这三个人与这一桩事是我由一大堆材料中选出来的，他们的一切都在我心中想过了许多回，所以他们都能立得住。那件事是我所要在长篇中表现的许多事实之一，所以它很利落。拿这么一件小小的事，联系上三个人，所以全篇是从从容容的，不多不少正合适。这样，材料受了损失，而艺术占了便

宜；五千字也许比十万字更好。文艺并非肥猪，块儿越大越好。

怎样用五千字表现这三个人、一桩事，又由这三个人、一桩事表现那么大的时代命题呢？

老舍首先用了衬托的手法。王三胜——孙老者——沙子龙，是一个连环套式的层层递进的写法，前一个人作为后一个人的衬托和伏笔出现，每一个人物都有他独特的气场、阶层和在叙事中的作用。老舍说了，因为他之前"想过了许多回"，所以叙事能做到从容不迫。

因为以简约为小说的要旨，所以叙述本身要做到要言不烦，简劲含蓄。这通过两种写作方法达成。

一是在写作本身，能白描决不涂染，能俭省决不铺张。所以我们就看到了这段强有力的比武场面，同时既是孙老者的出场，又是孙老者在小说里最精彩的亮相：

> 老头子的黑眼珠更深更小了，像两个香火头，随着面前的枪尖儿转，王三胜忽然觉得不舒服，那俩黑眼珠似乎要把枪尖吸进去！四外已围得风雨不透，大家都觉出老头子确

是有威。为躲那对眼睛，王三胜耍了个枪花。老头子的黄胡子一动："请！"王三胜一扣枪，向前躬步，枪尖奔了老头子的喉头去，枪缨打了一个红旋。老人的身子忽然活展了，将身微偏，让过枪尖，前把一挂，后把撩王三胜的手。啪，啪，两响，王三胜的枪撒了手。场外叫了好。王三胜连脸带胸口全紫了，抄起枪来；一个花子，连枪带人滚了过来，枪尖奔了老人的中部。老头子的眼亮得发着黑光；腿轻轻一屈，下把掩裆，上把打着刚要抽回的枪杆；啪，枪又落在地上。

喜欢听评书的读者一定能感知到这段文字里评书短打书的影子。这是一段非常精彩的动作描写，用的是先抑后扬的写法。貌不惊人的老人，"小干巴个儿"，"眼珠可黑得像两口小井，深深的闪着黑光"。就是这对摄人魂魄的眼睛，伴随着干净利落的动作，三下五除二打败了刚才还在耀武扬威的王三胜，把小说的叙事引向又一个高潮。

另一方法则是更高明的留白的写法，话不都说出来，留给读者去想，去回味，可以达到言有尽而意无穷的效果。这也是现代白话小说乃至白话文学比较稀缺的素质。

正因为如此，沙子龙的"不传！不传！"的自语会得到两种截然不同的解读。

激进一派认为老舍是在讽刺沙子龙的保守，毕竟浪花淘尽英雄，沙子龙的时代已经过去了，他之前再威风，武艺再出众，在新的时代也毫无意义，因此这套枪法，无论他传与不传，同样没有意义。保守一派，比如我，则认为老舍在捍卫沙子龙，这一点我们在本文开头已经谈过了。

之所以出现如此大相径庭的解读，是和老舍本人没有把话说满有关的，事实上也展示了留白技巧的魅力。那么，我为什么认为老舍是站在沙子龙的立场上，对他的"不传"惋惜多于讽刺呢？因为老舍同一时期，同一主题，不仅写了《断魂枪》，还写了《老字号》《新韩穆烈德》《黑白李》这样一些小说，传递了同一个思想。

所以我们看到，在这篇突显"新与旧"时代演进的悖论的小说里，老舍十分熟练地化用了他熟悉的中国传统叙事的方法，不论是上述以评书技巧写人物动作的白描法，还是通过激发想象拓展无限空间的留白法。这也能从侧面论证老舍本人在20世纪30年代对中国传统文学有一个创造性利用的过程。

园中春色如许，让艺术引领生命绽放

王小平讲白先勇《游园惊梦》

一

《游园惊梦》是白先勇的小说集《台北人》中比较复杂的一篇，也是非常精彩的一篇。这篇小说和明代汤显祖的《牡丹亭》有很密切的关系。

《牡丹亭》讲的是太守千金杜丽娘春日里到花园一游，在睡梦中与从未见过面的书生柳梦梅交欢，醒来后患相思病去世。后来真的有柳梦梅这样一个人，他使杜丽娘还魂复活，两人最终结婚团圆。《游园惊梦》就是昆曲《牡丹亭》中的经典唱段，讲的就是杜丽娘春日游园，然后梦到柳梦梅的这一段情节。

了解了戏曲背景之后，我们再来看小说《游园惊梦》。

故事中的女主人公钱夫人，曾经是南京的昆曲名伶，艺名叫作"蓝田玉"，昆曲唱得非常好，被比她大四十岁的钱将军看中，娶回家做填房夫人，享受荣华

45

富贵。战后到台湾，钱将军去世后，她失去了原有的社会地位，一个人独自住在台南。小说里写她应邀到台北参加窦夫人的宴会，从钱夫人到达窦公馆开始写起，写到宴会结束为止。

这场宴会使钱夫人触景生情，眼前的种种场景都让她想起过去在南京的生活。在小说里，台北和南京，或者说台湾和大陆这两个不同的时空，通过钱夫人的回忆被并置在一起，产生了强烈的对比。比如说，小说里写到钱夫人对旗袍的讲究，说台湾的丝绸"哪里及得上大陆货那么细致，那么柔熟"。她在宴会中喝花雕酒，感觉到，"台湾的花雕到底不及大陆的那么醇厚，饮下去终究有点割喉"。这里面其实包含了很复杂的情感，美人迟暮，青春不再，背井离乡，个人命运的起伏……于是，钱夫人抚今追昔，感慨万千。这是小说的一条明线，是表面上的今昔对比，体现了一种很大的心理落差。

而随着宴会的进程发展，现实与越来越多的回忆慢慢地渗透、交织在一起，一些隐藏的往事逐渐浮现出来。

原来，在南京时，钱夫人曾经爱上过钱将军年轻的参谋郑彦青，并和他发生了一次关系。但不久后，在一次宴会上，无意间发现她的妹妹月月红和郑参谋之间的隐情，她一下子心碎了。但这段情节在小说中并没有直接写出来，是通过钱夫人断断续续的回忆来呈现的。

小说里大量使用平行对比技巧，使现在与过去的一切都产生了非常明显的对应关系，比如，南京的那场宴会是钱夫人为唱戏时的好姐妹桂枝香庆祝生日而举办的，而当时连宴会也办不起的桂枝香，成了今天台北宴会中的女主人窦夫人，钱夫人自己则风光不再，这是一个对比。另外，窦夫人这场宴会中的程参谋，与钱夫人以前喜欢的郑参谋，无论在身份还是外貌上都非常相似，而窦夫人的妹妹与钱夫人自己的妹妹也很像，一个艺名叫天辣椒，一个叫月月红，两人的性格都泼辣大胆，跟姐姐的内敛、温和完全不同，而且天辣椒可能和月月红一样，也跟姐姐身边的参谋关系非同一般，此外，现在的窦夫人和程参谋之间的关系，似乎也跟钱夫人以前跟郑参谋之间的关系有点相似，这在小说里都是有暗示的，有心的读者不妨细心体会一下。

二

整部小说虽然篇幅不长，内涵却非常丰富复杂，在现实与往事的纠缠中，带出了刻骨铭心的情爱回忆、人生的盛衰悲欢等，有着非常浓厚的情感容量。这些全都被浓缩在一个短篇小说里，作者的艺术功力由此可见一斑。白先勇曾经在一篇文章中说过，在整部《台北人》小说集中，写这篇小说最苦，至少写了五遍，因为找不到合适的技巧和形式，直到后来尝试把昆曲与小说结合起来，才终于满意。

白先勇第一次接触昆曲时才十岁，是在上海的美琪大戏院，看的刚好就是昆曲《游园惊梦》，梅兰芳演杜丽娘，俞振飞演柳梦梅，给他留下了深刻的印象，从此与《牡丹亭》结缘。在创作小说的时候，他就有意把昆曲引入小说中，《游园惊梦》这个昆曲唱段，可以说是小说《游园惊梦》的一个关键点。

钱将军把蓝田玉娶回家，就是因为听了她唱的《游园惊梦》，心里实在放不下；在南京的那次宴会上，当钱夫人发现妹妹与郑参谋的私情时，她正在唱《游园惊梦》中的一句"良辰美景奈何天"，喝多了酒，再加上心情剧烈动荡，唱到"天"那个字，嗓子突然哑掉，再也唱不下去；而在窦夫人的这场宴会上，钱夫人也正是听到了《游园惊梦》,才使她的回忆达到了最高潮。除了这些之外，小说与昆曲《游园惊梦》之间，还有着深层的关联。杜丽娘对春日的向往，其实在小说里正象征着钱夫人的青春欲望，而最后，发现这不过是一场春梦。情爱如梦，生命亦如梦。于是，白先勇借着昆曲《游园惊梦》的暗示，写出了对钱夫人这个人物角色的同情、怜悯。

这样一种将戏曲与小说结合的方式，与《红楼梦》的影响有关。

《红楼梦》是白先勇最喜欢的一部小说。他写过一篇文章，标题就是《〈红楼梦〉对〈游园惊梦〉的影响》。可能熟悉的读者会有印象，《红楼梦》的第二十三回"西厢记妙词通戏语，牡丹亭艳曲警芳心"这一章中，写林黛玉听到梨香院的女孩子们在唱《牡丹亭》中的戏文，因为距离比较远，所以唱戏的声音是断断续续飘过来的。

黛玉听到了这么几句，"原来姹紫嫣红开遍，似这般都付与断井颓垣"，"良辰美景奈何天，赏心乐事谁家院"，"则为你如花美眷，似水流年……"曹雪芹写林黛玉听后，"不觉心动神摇"，再听下去，"心痛神痴，眼中落泪"。

为什么会这样？因为黛玉在戏文中听出了人生如梦、繁华易逝的悲凉，也听出了写戏人对无常世事的爱恋、惋惜和无可奈何，杜丽娘和林黛玉，或者说汤显祖和曹雪芹，千古伤心事就在这写戏、听戏之间勾连了起来。

白先勇在中学的时候读到《红楼梦》里这一节，说自己虽然不太懂，但是很喜欢那种感觉。这对他后来写小说，是有影响的。在小说《游园惊梦》中，作者通过意识流和象征的手法，表达钱夫人内心狂乱的回忆。她回忆与郑参谋之间的情爱往事，反复地说"我只活过那么一次"，她终于领悟到瞎子师娘算命时所说的"前世的冤孽"是什么意思，原来真的是世事无常，万事皆空。

这样一种哀伤和无奈，是与古典文化传统相通的，是一种永恒的情感。白先勇喜欢《牡丹亭》，也喜欢《红楼梦》，在他看来，这是中国传统文化的精魂，是用艺术去保存青春的记忆，是在个体有限、无常的人生中去追求一种无限的、永恒的美，这使他感动、产生共鸣。

如果说，少年时代的经历使白先勇隐约感受到了这种艺术情感的魅力，那么，他后来的生命体验则进一步深化了对这种情感的领悟。白先勇的父亲白崇禧，是国民党的高级将领。1948年，白先勇先是到了香港，1952年又去台湾。对于流落到台湾小岛的白先勇来说，在大陆度过的年少岁月，就好像是一个繁华旧梦。后来，又到了美国，再回顾台湾五六十年代，国民党提出的"反攻大陆"，回到大陆，也是一场梦。这种人生如梦的感觉，在白先勇的生活中一再出现。个人命运起伏、家族兴衰与时代、国家的变迁结合在一起，形成了异常丰富、复杂的生命体悟。正是在这样的生命体悟下，他创作出了小说《游园惊梦》，去呼应《牡丹亭》《红楼梦》中的那种人事无常，通过钱夫人的今昔之感，写出了一代人流落海外的无奈与悲凉，用文字为一些逝去的东西留影，用艺术去与时间对抗。

三

在深刻的情感共鸣中，白先勇除以小说创作向古典传统致敬之外，还有别的方式。1999 年，白先勇的亲密好友王国祥因病去世，他写了一篇散文《树犹如此》，悼念亡友，回忆四十年来的相知相伴，以及天人两分、死生契阔的伤痛与悲哀。在文章末尾，他提到家里的小花园，当年他们曾经共同种下了许多茶花，还有三棵柏树，其中最高大的一棵柏树在王国祥患病那一年突然枯死，现在，几十株茶花都已经高过屋檐了，每株盛开起来有上百朵。文章中这样写道：

> 春日负暄，我坐在园中靠椅上，品茗阅报，有百花相伴，暂且贪享人间瞬息繁华。美中不足的是，抬眼望，总看见园中西隅，剩下的那两棵意大利柏树中间，露出一块愣愣的空白来，缺口当中，映着湛湛青空，悠悠白云，那是一道女娲炼石也无法弥补的天裂。

这一段，写的是春日花园里的繁华，还有寂寞。

最美的东西似乎总是容易消逝，所以常常是伴随着悲哀的。这种美与悲哀，就构成我们刚才所讲的小说中所表现的一种永恒的情感。

而在这之后，白先勇就开始着手进行一项浩大的文化工程——改编青春版《牡丹亭》。他要让古老的昆曲艺术在21世纪重新大放光彩，让年轻的观众去领略我们古典文化中优美的精华。白先勇除了改编剧本外，还亲自挑选演员，为演员授课，讲解《牡丹亭》。在经过几年的筹备后，终于搬上舞台。2004年，开始各地巡演，引起热烈反响。两年间演了75场，十余万观众人次，几乎场场爆满。并且走向了海外，实现了白先勇的愿望，"要让全世界的人，都看到中国最美的东西"。

可以说，青春版《牡丹亭》的成功演出，它的意义已经超出一部戏，而成为一个文化现象，是中国古典艺术在当代的复兴。这个时候，距离白先勇写作小说《游园惊梦》，已经过去了三十多年。另外，2017年，在白先勇八十岁这一年，他在台湾大学开设了一门课——"红楼梦研究"，向年轻学生讲述、传递他对《红楼梦》的理解。可以说，对《牡丹亭》与《红楼梦》的喜爱与欣赏，几乎贯穿了白先勇的一生。

从汤显祖，到曹雪芹，再到白先勇，他们都深刻地体验到了生命的短暂和缺憾，但却将这种体验转化为艺术创造，去充分地表现这种带有悲剧意味的美，从而让它成为永恒。而我们也因此有机会通过欣赏艺术，去领略、去感受短暂的、有缺憾的生命中所包含的美。通过书写和阅读，我们有限的人生因此而变得丰富，和无限相通。如果说，生命中最美好的事物，就像《牡丹亭》那座姹紫嫣红的花园里的风景，那么艺术，就是通往这座花园的一条小路，它引领着我们去欣赏、感受那永不消逝的人性的光辉。

"更无情面地解剖我自己"

邰元宝讲鲁迅《祝福》

一

1924年2月，鲁迅创作了短篇小说《祝福》，3月就发表在当时一份重要刊物《东方杂志》上。1926年鲁迅第二部短篇小说集《彷徨》出版，《祝福》是打头第一篇。中小学语文课本经常选到《祝福》，作为鲁迅同情劳动人民的一个证据。寡妇祥林嫂的凄苦命运感动了许多中国读者的心。小说的许多细节，大家都耳熟能详。

《祝福》开篇不久就写道，第一人称叙述者"我"在"旧历的年底"回到故乡鲁镇，路上遇到衰老不堪、"纯乎是一个乞丐"的寡妇祥林嫂，"我就站住，豫备她来讨钱"。但想不到祥林嫂不讨钱，而是向"我"提出一连串问题："一个人死了之后，究竟有没有魂灵的？"如果有"魂灵"，"那么，也就有地狱了？"如果有"地狱"，"那么，死掉的一家的人，都能见面的？"

这些问题太意外，太突然，也太难回答了，"我很悚然，一见她的眼盯着我的，背上也就遭了芒刺一般，比在学校里遇到不及豫防的临时考，教师又偏是站在身旁的时候，惶急得多了。对于魂灵的有无，我自己是向来毫不介意的"。

鲁迅小说有两个重要人物。一是阿 Q，再就是祥林嫂。如果说在鲁迅小说人物群像中，阿 Q 是男一号，那么祥林嫂就是女一号。阿 Q 当然重要，在他身上集中了鲁迅对"国民劣根性"几乎全部的观察。但阿 Q 的特点是整天"飘飘然"，稀里糊涂，难得清醒而认真地思考一个问题。阿 Q 认为，"人生天地之间"，任何事都会发生，因此他对任何事都随随便便，所以客观上没有什么问题能够难住阿 Q，能把阿 Q 逼到角落里，使他寝食难安，非要求得一个答案不可。

但这种情况恰恰就发生在祥林嫂身上。"魂灵"的有无，有没有"地狱"，"死掉的一家的人"能否见面——这些问题并不是祥林嫂发明的，可一旦从别人那里听到这些问题，祥林嫂就辗转反侧，日思夜想，非要弄明白不可。这在阿 Q，是做梦也想不到的事。

仅仅从这一点看，鲁迅小说女一号祥林嫂要比男一号阿 Q 深刻得多。

二

祥林嫂之所以要问这些问题，跟三个人有关，第一是柳妈，第二、第三是"我"的本家长辈"四叔"和"四婶"。

首先，是跟祥林嫂一起做女用人的柳妈。柳妈是"善女人"，这是佛教说法，意思就是"信佛的女人"。她说祥林嫂先后嫁给两个男人，将来到了阴司地狱，两个男人都要抢，"阎罗大王只好把你锯开来，分给他们"。柳妈的话让祥林嫂非常害怕，提心吊胆过了一年，后来照柳妈的吩咐，用辛辛苦苦一年的工钱"十二元鹰洋"去土地庙捐了条门槛。柳妈告诉她，门槛就是她的替身，"给千人踏，万人跨"，可以"赎了这一世的罪名，免得死了去受苦"。

柳妈信佛，为何叫祥林嫂去土地庙捐门槛？看来她的信仰体系蛮复杂。但这个姑且不论，只说祥林嫂对柳妈的话深信不疑，捐了门槛之后，"神气很舒畅，眼光也分外有神"。

然而没有想到，祥林嫂还没有舒畅一天，就受到更大的打击。

原来主人四叔吩咐四婶，祭祀祖宗时，千万不能让祥林嫂碰祭品，因为祥林嫂是嫁过两次的寡妇，"败坏风俗"，如果她的手碰了祭品，"不干不净，祖宗是不吃的"。祥林嫂自以为捐了门槛就没事了，但四婶仍然叫她别去碰那些祭品。四婶的地位比柳妈高多了，何况她背后还站着"讲理学的老监生"四叔，更是鲁镇第一权威人物。他们这样对待祥林嫂，等于把祥林嫂捐门槛的意义完全否定了。

柳妈的话令祥林嫂恐怖万分，但她毕竟给祥林嫂提供了一个解救的办法。四叔、四婶却连祥林嫂这条精神上的退路也给堵死了。

小说写道，因为四婶不准祥林嫂碰祭品，祥林嫂的精神一下子就垮了，"像是受了炮烙似的缩手，脸色同时变作灰黑"，"第二天，不但眼睛窈陷下去，连精神也更不济了……直是一个木偶人"。

这是第一人称叙述者"我"回鲁镇五年前发生的事。祥林嫂真是可怜，两任丈夫先后去世，唯一的儿子又被狼吃了，周围人在短暂的同情之后，马上开始取笑、捉弄和歧视她，再加上接连从柳妈和四叔、四婶那里遭到那么严重的来自宗教信仰方面的打击，很快又被四叔家赶了出去，成了无依无靠的乞丐。

小说写她只是"四十上下"，但看上去已经是一个挣扎在死亡线上的垂老女人，"只有那眼珠间或一轮，还可以表示她是一个活物"。

所以认真说起来，在祥林嫂的悲剧中，柳妈和四叔、四婶，负有不可推卸的责任，尽管他们也并非故意要把祥林嫂推向火坑。

三

但这里就有一个问题：祥林嫂落到如此地步，怎么还能苟延残喘，坚持五年之久？

只能有一个理由，就是柳妈和四婶、四叔的说法在鲁镇固然很权威，足以击垮祥林嫂的心理防线，但祥林嫂对他们的话可能也并非深信不疑。

小说没有写这五年多时间，丢了工作、受人歧视、精神上背负着"一件大罪名"的祥林嫂是怎么度过的。但可以想象，一定还有某种希望在暗暗支撑着祥林嫂。这个希望必须来自鲁镇之外，是柳妈、四叔、四婶们所不能掐灭的。也就是说，祥林嫂肯定知道，或者说肯定一直盼望着，在鲁镇之外，还有比柳妈、四叔、四婶更高明、更权威的人，能给她更加确实的答案。

这个人，就是小说里的"我"。

五年前，"我还在鲁镇的时候"，祥林嫂还没有被四叔家解雇。那时候，祥林嫂已经陷入极大的精神危机，却并没有立刻向"我"请教和求助。为何五年后，一遇到从外面回到鲁镇的"我"，尽管两人之前很可能从未说过话，但祥林嫂还是主动把"我"拦在河边，一口气提出了那些严重的问题呢？

这可能有两个原因。

首先，祥林嫂自知时日无多，生命的残灯快要熄灭，再不弄清楚五年来纠缠她的那些问题，就怕来不及了。

其次（也更重要），在祥林嫂眼里，"我"跟五年前不一样了，"我"的身份发生了变化。用祥林嫂的话说，"你是识字的，又是出门人，见识得多"。四叔也是"识字的"，但与"我"相比就差多了，因为四叔不是"出门人"。

在祥林嫂的意识里，什么是"出门人"呢？小说未作交代，但我们不妨做些推测。

第一，"出门"的意思，就是在鲁镇之外更大的世界走了一遭，因此"见识得多"。

第二，"出门"包括"出国"。这种猜测并非毫无根据。阿Q就知道"假洋鬼子"曾经"不知怎么又跑到东洋去了"，祥林嫂为何就不可以知道"我"也去"东洋"留过学呢？

但不管祥林嫂所说的"出门"是什么意思，总之在她眼里，"我"的权威超过了柳妈、四婶和四叔，应该有资格解答她的问题。她对"我"寄寓莫大的希望。很可能，正是这个希望支撑着她，让她挨过了异常艰难的五年。

可惜"我"的回答太模棱两可，而且简直毫无耐心，什么"也许有罢，——我想"，什么"然而也未必，……谁来管这等事……"，什么"其实，究竟有没有魂灵，我也说不清"，诸如此类。更可恶的是，"我"还简直没有耐心，最后趁祥林嫂被"我"模棱两可的回答打蒙了，"不再紧接的问"，"迈开步便走"，把祥林嫂一个人剩在河边。

这就给祥林嫂造成更大的精神伤害。本来就风烛残年，再这样雪上加霜，于是第二天，祥林嫂就去世了。而最后掐灭祥林嫂微弱的生命之火的，竟然是第一人称叙述者"我"，一定程度上，也就是作者鲁迅的化身。

造成祥林嫂悲剧的人实在太多。这里有柳妈、四婶、四叔，有祥林嫂"好打算"的第一任婆婆和第二任丈夫贺老六的大伯（他在阿毛被狼吃掉之后没收了祥林嫂的屋子，赶走了祥林嫂）。当然，还有鲁镇那些男男女女，他们喜欢听祥林嫂讲阿毛的故事，也曾为祥林嫂一掬同情之泪，但很快就感到"烦厌和唾弃"；他们的笑脸，让祥林嫂感到"又冷又尖"。

而在所有这些人之外，还有一个作者"我"！

鲁迅说，"我的确时时解剖别人，然而更多的是更无情面地解剖我自己"。这是真的，《祝福》就是一个证据。

假如你爸爸是"混蛋"

郜元宝讲王蒙《活动变人形》

一

《活动变人形》是著名作家王蒙先生的代表作之一，也是中国当代最具经典意义的一部文学名著。这部小说可以帮助我们对人生、人性尤其是中国式家庭伦理的问题，有一种新的感悟。

一提到王蒙，大家首先想到的应该是一种健康向上、通达睿智、乐观幽默的人生态度与人生境界。在许多人的印象中，王蒙确实就是这样一个人。但围绕《活动变人形》展开的话题却相当沉重，相当悲催，也相当刺耳，通俗的说法就叫作"假如你爸爸是'混蛋'"。

为何要讲这么一个古怪的题目呢？

因为王蒙先生 20 世纪 80 年代中期创作的这部《活动变人形》，主要就是围绕书中人物"倪藻"的父亲"倪吾诚"而展开。所以读懂倪吾诚这个主要人物，也就读懂了《活动变人形》全书。但小说写倪吾诚，没有别的，从头到尾就是写他做人如何失败，如何不堪，如何不符合普通人心目中好父亲的标准。倪吾诚的许多心理和言行既荒唐可笑，又卑琐龌龊，简直就是一个不折不扣的大"混蛋"。

关于倪吾诚的可笑、可鄙、可恶，小说有浓墨重彩、不厌其烦的描写，我们不妨拣最重要的几点来捋一捋。

首先倪吾诚他"不顾家"。倪吾诚的家是组合式的，有寡居多年的岳母，有十几岁就死了丈夫、跟着母亲一起守寡的大姨，即倪吾诚妻子的姐姐，再就是倪吾诚自己一家四口：妻子、儿子和女儿。（后来还添了个小女儿。）这一大家子，总共七口人，住在20世纪40年代初日本占领的北京，生活非常艰难。

倪吾诚岳母、妻子和大姨这母女仨操持家务，厉行节约，岳母和大姨每年还能收到乡下老家一些佃租，尽管如此，柴米油盐基本开销的压力还是很大。为什么？因为倪吾诚虽然同时在两所大学兼课，收入不菲，但他交给妻子的家用太少，也太没规律，想起了才随便给一点。这就经常弄得全家无隔宿之粮，吃了上顿没下顿。

倪吾诚的钱都到哪儿去了？原来他爱面子，爱结交名流，经常上馆子，一顿能吃掉半个月工钱。此外他宣称和妻子没有共同语言，不停地搞婚外恋。这自然又是一笔开销。倪吾诚的妻子得不到丈夫的钱，也得不到丈夫的心，甚至不能让丈夫对家庭承担起码的责任，这个不幸的女人成天怨声载道，以泪洗面。她的痛苦当然也就是她母亲、她姐姐和一双儿女的痛苦。

这是倪吾诚的第一重罪，叫"不顾家"，只顾自己花天酒地、潇潇洒洒地享乐。

倪吾诚的第二重罪，就是刚才讲过的婚姻上的不忠，背叛妻子搞婚外恋。他甚至还在经济上哄骗妻子，交出一方已经作废的图章，说可以凭这个去他所在学校总务科领工钱，结果让他的妻子当众受辱。

倪吾诚的第三重罪是"休妻"。他最后是在妻子不想离婚，也原谅了他所有过错的情况下，不依不饶，硬是逼着妻子无可奈何地跟他"协议离婚"。

以上是倪吾诚最主要的三重罪，就是不顾家、搞外遇、休妻离婚。

此外他还有一个致命缺点，就是留学欧洲两年，成了"假洋鬼子"，拼命贬低中国文化，主张全盘西化。他喜欢高谈阔论，不着边际，比如要求全家人学习西方生活方式，要勤刷牙（一天三次，牙膏牙刷质量要好），勤洗澡（最好一天两次），讲话要礼貌（最好懂点外文），待人接物要大气，男女老幼都不许随地吐痰；衣着要光鲜得体，走路要昂首挺胸；还要经常谈点黑格尔、费尔巴哈、罗素等西方哲学家的思想，不时上馆子吃顿西餐；还要补充麦乳精、鱼肝油之类的营养品。

他妻子说：好，全听你的。但钱呢，钱呢？这时他会不屑一顾，顾左右而言他。或者恼羞成怒，批评妻子说：你怎么整天就想着钱，俗气。至于他自己，可是最不把钱当回事。凭他的资质和尚未发挥出来的百分之九十的潜能，区区一点小钱算什么？

但倪吾诚并非完全不把钱当回事。闹钱荒时他比谁都着急，不惜要无赖跟店家赊账，甚至厚着脸皮，拖着儿子，向有钱的朋友告贷。而只要钱一到手，就赶紧花光，完全不讲计划，不为家人和别人考虑。

既然这副德行，可想而知，他必然是"心比天高，命比纸薄"，到处碰壁，众叛亲离。他与妻子为敌，连带着也与岳母、大姨子为敌。孩子们天然地站在母亲一边，也成了他的敌人。他在外面追求爱情，但终身并未得到真爱。他的第二次婚姻比第一次更惨。他喜欢结交名流，呼朋引类，请吃，吃请，但没有谁真瞧得起他。在他落难的时候，没有谁主动想到帮他。他爱琢磨问题，爱发议论，但不肯下苦功夫，整天忙忙碌碌静不下来，最终荒废了学问，就连上课也颠三倒四，不知所云，吸引不了学生，以至于被大学解雇，丢了饭碗。

总之倪吾诚里里外外都失败了，但吃苦头的还是家人，他自己则一走了之，跑到外地另谋出路去了。他的"不顾家"的恶行，至此也就发挥到了极致。

二

看到这里，你也许会说，哦，原来《活动变人形》是一部"审父"或"弑父"的小说，作者把做父亲的倪吾诚放在被告席上，一条条历数他的罪状，进行无情的审判和全盘的否定，就像小说中倪吾诚的儿子倪藻、女儿倪萍、小女儿倪荷那样，跟着外婆、姨妈和妈妈一起谴责和诅咒自己的父亲。

但事实并非如此，或者至少也并非完全如此。

毫无疑问，小说无情地揭露了倪吾诚种种可笑、可恶、可鄙，无情地描写了倪吾诚四处碰壁、一无所成的结局（有个细节写他临死都没能给自己混上一块手表），也充分地描写了亲人和朋友对他的怨恨、贬损与"败祸"（方言，尽情尽兴地拆台、诋毁）。

但小说也有另一些值得注意的地方，那就是在更高意义上，作者对倪吾诚还是有一定的理解、同情、悲悯和宽恕，包括局部的肯定。

首先，留学欧洲的倪吾诚思想文化上确实高人一筹。说他学问不行，主要是他妻子的观点，但他妻子最高学历只是大学预科旁听生，她批评丈夫无真才实学，根据不足，何况还是在两个人闹得不可开交的时候说的，这就更不足为凭了。倪吾诚跟德国学者一起办学术杂志，整日整夜翻译国外学术论著，仅仅这两点就说明他在学术上并非毫无所长。只是他一曝十寒，未能坚持用功，加上后院起火，鸡飞蛋打，最终才无所建树罢了。

其次倪吾诚推崇现代文明，批评中国文化某些落后保守的方面，也不能说完全错了。比如他要求家人讲卫生，讲礼貌，不能佝偻着走路，而要昂首挺胸，要加强锻炼，要注意营养，这都没错。他固然没有经济实力支撑这些倡导，但总不能因此就否定他这些现代化和科学化的倡导本身。

另外倪吾诚对科学的推崇和赞美几乎到了迷狂的地步。小说写他重病卧床，凭着对科学的信仰，给儿女们示范大口吞服鱼肝油的细节，有点戏剧化，但依然十分感人。至少对于科学，倪吾诚还是有一颗赤子之心。后来他下乡劳动，为了普及科学，竟主动请缨，让并无医学技能的农村赤脚医生给他割治白内障，结果弄得双目失明。这就是以生命（至少是生命的一部分）殉了科学的理想！

说到倪吾诚婚姻上的不忠，确实不可原谅，但这事的起因之一，是他不能跟妻子组成小家庭，而被迫与丈母娘、大姨子同在一个屋檐下。倪吾诚希望单独过，不跟岳母、大姨子掺和，但他妻子离不开寡居的母亲和姐姐。如果挤在一起，彼此照看，相安无事，那倒也好。问题是只要发生夫妻冲突，妻子就习惯性地向母亲和姐姐搬救兵，后两位往往不分青红皂白，只知道维护倪吾诚的妻子，打击倪吾诚。这就加深了倪吾诚与岳母、大姨子的矛盾，也加剧了他们夫妻间的隔阂。

在这件事上，倪吾诚并非毫无可恕之处。连他妻子也曾抱怨母亲对女婿、姐姐对妹夫"败祸"得太狠了。比如在"假图章"事件中，母女三人联手报复倪吾诚。一个经典的细节，就是大姨子将一碗滚烫的绿豆汤砸到倪吾诚身上，弄得倪吾诚有家难归，流落在外，差点一命呜呼。反过来，倪吾诚始终保持着"君子动口不动手"的风度与底线。在中国式的家庭纠纷中，倪吾诚也还是可圈可点。

倪吾诚最初和岳母闹翻，是因为看见老太太随地吐痰，忍不住在妻子面前说了两句，不料被妻子告发到岳母那里，引起岳母勃然大怒。随地吐痰是不对，而且他也并没有当面让老太太难堪，只是在妻子面前嘟囔了几句。所以这件事的理儿还是在倪吾诚这一边。

最后小说还重点描写了倪吾诚对儿女的挚爱。他打心眼里喜欢儿女，非常看重跟儿女们在一起的天伦之乐。他的舐犊情深，实属罕见。仅仅因为夫妻感情破裂，加上岳母和大姨子火上浇油，使得倪吾诚失去了家庭，也失去了他最珍惜的天伦之乐，变成孤家寡人，还要被儿女们谴责，诅咒，离弃。

这种痛苦，难道不值得同情和宽恕吗？

三

所以，《活动变人形》并非只写倪吾诚一个人，围绕倪吾诚，也无情地揭露了中国家庭内部所有人的原罪。你看作者也批评了外婆、姨妈和倪吾诚的妻子，包括受这些长辈影响的儿女们。它既不为尊者讳，也不为幼者讳，可谓"一个都不宽恕"。

但与此同时，作者也深刻揭示了家庭伦理悲剧主客观两方面的根源，写出了祖孙三代共同的无奈、无助和无辜。这就在更高意义上赦免、宽恕了所有人。

可以说，《活动变人形》有两种笔墨，两副心肠，那就是爱而知其恶，恶而知其善。比如倪吾诚是"混蛋"得可以，但他也有纯真善良的一面，也有成为"混蛋"的客观原因和值得理解、值得宽恕之处。

最后我们还要抖两个包袱。

首先你只要看《王蒙自传》就知道，《活动变人形》基本上就是一部纪实性和自传性的作品，写的就是王蒙自己的父母、外婆和姨妈。当然小说比自传更丰满，也更放得开。其次，1984 年王蒙的二儿子生病了，王蒙陪着他到处求医问药，还到处旅行，以调整情绪，排解忧郁。正是在这过程中，王蒙突发奇想，以自己的童年和家人为原型，写出了这么一部撕心裂肺而又贴心贴肺、暖心暖肺的作品。

因此我想，王蒙创作这部作品，一个最大的动机就是想告诉儿子，也告诉天底下所有的年轻人：如果你是小辈，不幸遇到倪吾诚这样的"混蛋"爸爸，或者小说中描写的长期守寡而性情古怪的外婆与大姨，以及心态脾气也好不到哪里去的母亲，那么你最好的方式，就是既要敢于正视长辈们的缺点与罪恶，也不能揪住其不放。

　　同时你还要反躬自省，问问自己有没有同样的缺点与罪恶。只有这样，你作为小辈，才能正确地认识和对待长辈，才能对包括你自己在内的所有人给予更深的理解、宽恕与同情。这样你才能避免重蹈覆辙，走出历史的惯性与怪圈，走向光明和美好。

　　因此《活动变人形》不仅是一部优秀的文学作品，它可能还有助于调解家庭矛盾，也有助于净化和调整年轻一代人的性情与心态。

南京大萝卜与名士风度

王宏图讲叶兆言《南京人》

一

在散落在广袤的中华大地上的诸多古都当中，南京是极具特色、极富魅力的一座。

和位于中原地区的西安、洛阳相比，南京偏于东南一隅，坐落在长江边，临江傍山，易守难攻，有虎踞龙盘的天然地理优势，而且自古以来在人们的眼里一直有王气缭绕，是出真命天子的福地。

历史上前后有十个大大小小的朝代在此建都，然而，它们大多并不是威震四方、统辖九州的全国性政权。除了明朝初期和国民政府那两个短暂的历史档期，在南京坐江山的一直是偏安一方的小朝廷，而且寿命都不长，城头变换大王旗成了家常便饭。

作为南京土生土长的作家，叶兆言对这座古都的历史变迁极为熟悉，他创作的小说大多以南京为背景，最有名的当推《一九三七年的爱情》《很久以来》《刻骨铭心》三部长篇小说组成的"秦淮三部曲"。此外他还围绕南京人这一主题，前后写了数十篇散文，收录到《南京人》和《南京人·续》两本集子当中。

这些散文篇幅虽然不长，但却涉及南京的方方面面，不仅讲述了它的历史演变、人口构成、四季风物、城南和城北地区的鲜明差异、市政规划建设，还津津乐道地展示了它别具风情的吃喝玩乐，男人和女人的气质性情，那些脍炙人口的名胜古迹诸如明孝陵、中山陵、中华门、秦淮河、夫子庙、玄武湖一一点到，甚至像先锋书店这样的文化新地标也没有遗漏。他的文章旁征博引，但一点没有掉书袋的迂腐气，通篇趣味盎然，给读者描绘出一幅南京人生活状态的全景图。

叶兆言在这些散文中关注的重心在于，生活在南京这座染带着浓重迟暮气息的古都中的人们，有着怎样一种与众不同的性情气质。

正因为千百年来经历了如此多的兴亡盛衰，南京也成了一座令人伤怀、悲悼的城市。对此叶兆言在书中做了精辟的概括，"亡国在南京不是什么稀罕事，亡国简直就是南京的标志。亡国之音是南京的主旋律，它在南京的上空不断回响着、徘徊着，警示着后人。历史留给南京的任务，仿佛就只有两件事可以做，这就是不断地繁华，然后不断地亡国"。

因此，人们乐此不疲谈论的金陵王气在他眼里就蜕化成了金陵亡气。

二

在这座到处回响着亡国之音的故都中，人们会有怎样一种独特的精神气质呢？

到过南京的游客，十有八九听到过将南京人戏称为大萝卜的说法。叶兆言觉得它是对南京人一种善意的讥笑。南京人淳朴、热情，又保守，做事总是慢了半拍子，不甚精明，进取心不强，因此错过了诸多发展的良机。但它又不是凭空产生的，有着深厚的历史渊源。叶兆言在书中这样说："南京大萝卜在某种意义上来说，是六朝人物精神在民间的残留，也就是所谓'菜佣酒保，都有六朝烟水气'。自由散漫，做事不紧不慢，这点悠闲，是老祖宗留下来的。"

人生在世，除了食色等本能的生理需求外，对于意义和价值的追寻也是不可缺少的一环。由于天生禀赋、家庭环境、日后境遇的巨大差异，各人有着各自不同的活法，所谓虾有虾路、蟹有蟹路，就是这个意思。但不可否认，大多数人由于受到种种社会习俗礼法的束缚，并不能随心所欲地做自己喜欢做的事，他们为了饭碗，为了长辈的期望，为了难以推卸的责任，有时更为了自己无法控制的贪欲，奔波劳碌，恓惶不安，难以尽兴如意地品味人生，最终留下了或多或少的遗憾。

但也有一部分人心性高远，有着超越常人的胸襟情怀。他们不愿顺从通常的礼俗规则，常常是率性而行，我行我素，常做出惊世骇俗的举动。人们通常将这类特立独行的人的所作所为贴上了"名士风度"的标签。而名士风度与南京这座城市有着莫解之缘，可以说它就产生在南京。

魏晋时期，政治纷争异常残酷，一些士人为了全身远祸，寄情于自然山水，热衷于清谈玄理。有人的行为举止甚至到了令常人匪夷所思的怪诞境地。

据《世说新语》记载，"竹林七贤"之一的刘伶酒后在屋里脱得精光，遭到别人指责后他这样为自己辩解："我以天地为栋宇，屋室为裈衣，诸君何为入我裈中？"这几句意思是：我把天地当作房子，把屋子作为衣裤，诸位先生为何跑到我裤子中来啊！在这一则趣闻中，刘伶将名士风度推向了极致，率真放任的性情体现得淋漓尽致。

时光流逝，魏晋六朝显赫一时的名士早已灰飞烟灭，但其流风遗韵则波及坊间，余香萦回，在很大程度上铸造了今日南京人的性情。

叶兆言在书中这样评价：

南京是一座没有太大压力的城市。正是因为没有压力，也就造成了南京人的特色。南京人没有太强的竞争意识，就是有，也往往比别人要慢半拍。南京人不仅宽容，而且淳朴，天生的不着急。南京大萝卜实在是一个非常形象的说法，南京人天生的从容，不知道什么叫着急，也不知道什么叫要紧。即使明天天要塌下来，南京人也仍然可以不紧不慢，仍然可以在大街上聊天，在床上睡觉，在电视机前看电视，在麻将桌上打麻将。

他举了一个让人颇感惊讶的例子。1937年卢沟桥事变爆发之际，南京的市民已习惯了喊几声抗日口号，随后依旧沉浸在琐碎的世俗生活中，醉生梦死，优游度日。直到7月9日，有关七七事变的报道才出现在南京的报纸上，在标题的处理上还有些轻描淡写，根本没有觉察到一个崭新的时代已揭开了序幕。许多南京人一直要到八一三淞沪抗战打响后才如梦初醒，才意识到全面抗战已经开始。

三

叶兆言在书中描绘的南京人的性情气质是一种偏

于审美而非功利化的人生态度。它的产生并不是偶然的，而是与南京独一无二的历史境遇息息相关。

到过南京的游客或多或少会觉察到，这座古都和位于北方的古都有着巨大的差别。它既有南方其他城市所没有的恢宏阔大的气象，保存至今的古城墙就其规模而言在全世界首屈一指；但又享有江南的丰饶与灵气，秦淮河畔灯红酒绿的繁盛成了它吸引世人眼球的名片。

在南京建都的当权者，大多胸无大志，满足于偏安的格局，即便敌方兵临城下，也依旧夜夜笙歌，沉醉在温柔乡中，乐不思归。这种贪图安乐的心态从上到下传染到了民间，既然一言九鼎的皇帝都是这样，那平民百姓为何不今朝有酒今朝醉，抓住当下的时光，尽情地享受人生的种种乐趣？

正是这样一种近乎苟安的心理氛围孵化出了一种非功利化的人生态度，它不追求建功立业，无意做叱咤风云的英雄豪杰，也不想为了某个抽象的理念而牺牲自己随性适意的生活方式。

正如宋朝一代文豪苏东坡在《前赤壁赋》中所说的，"惟江上之清风，与山间之明月，耳得之而为声，目遇之而成色，取之无禁，用之不竭，是造物者之无尽藏也"，它超越了人世间的恩怨纷争，朝代更替，呈现出一种超拔宏阔的境界。人们乐在其中，优游自在地赏玩，全然将人世间的烦恼是非抛之脑后。

有了这种心态，人们对人世间的利害得失，便不会那么斤斤计较，而是随遇而安，无心与人争抢。叶兆言这样评论道："南京人并不好斗。南京的男人凡事都不愿意太计较，吃亏占便宜无所谓。目前正逐渐流行的一句话，很能概括南京男人的精神状态，就是'多大的事'。"

在旁人眼里举足轻重的大事，非得拼老命而一搏的事，到了许多南京人那里，便变得轻飘，那算是"多大的事"，为了它放弃优游自在的生活，瞎起劲，多不值啊！

对此你可以说他们缺乏远大志向，不思进取，颓废气十足，但这也是他们生存状态的真实写照。他们不做作，不打肿脸充胖子，平平淡淡，虽缺乏豪迈阳刚之气，也没有感天动地的壮举，但也成就了别具一格的人生姿态。

我们往哪里去

文贵良讲马原《牛鬼蛇神》

一

2008 年，马原被查出肺部肿瘤，但不太确定是不是癌症。经过慎重考虑，他采取保守治疗法。保守治疗法，就是不吃药不化疗，而是跑到了海南岛，喝他认为最健康的水，呼吸他认为最新鲜的空气，每天坚持锻炼。2012 年，他的长篇小说《牛鬼蛇神》出版。十多年过去了，他还活得好好的。疑似身患癌症的马原，在《牛鬼蛇神》中讲述了自己对生命的思考，对人生意义的考察。

五十岁以上的人，看到《牛鬼蛇神》这个标题，会很自然地想起一个动荡的年代，想起一类特殊的人。小说也引用了 1966 年《牛鬼蛇神歌》里的歌词："我是牛鬼蛇神，我有罪，我该死……"但是小说不是要写那个时代所说的牛鬼蛇神，而是有马原自己独特的指向。

小说的主要人物大元和李德胜，大元出生于东北，李德胜生活在海南。这一南一北的两人只因"文化大革命"的串联而在北京相识，共同在一起生活了十一天，自此成为一辈子的挚友。他们用书信保持关系，十七年后的 1983 年才又一次相见。1989 年，大元邀请李德胜到拉萨聚会。李德胜的故事大多是通过书信告诉大元的。到了 2007 年，李德胜的小女儿李小花成了大元的第二任妻子。

以上就是这个故事的梗概。

大元出生于 1953 年，属蛇；李德胜比他大四岁，出生于 1949 年，属牛。"牛鬼蛇神"中嵌入了大元和李德胜两人的属相。这就把 1966 年的所谓"牛鬼蛇神"转向了纳入自身的"牛鬼蛇神"，化解了"牛鬼蛇神"的政治含义，而增添了对平凡人的日常生活意义的关注。

这显示了马原思考自己的一种独特方式，他把人——大元和李德胜，和物——牛和蛇，以及"鬼神"——其他生灵当作一个整体来思考。他的思考没有局限在一己一身之内，而是扩展到他人，扩展到人与其他生物，人与万物共生。

二

关于"鬼神"，有必要介绍李德胜的经历以及故事。

李德胜于1966年大串联后回到了海南岛，一直生活在家乡。他开过理发店，开过药材铺，当过医生，人生起起伏伏，过的都是普通人的日子。

他认识了当地的一个小牧童。小牧童的奶奶长了一个肉瘤，到处治疗但没有治好。最后被李老西治好了，两人成为好友。

这个李老西就是李德胜，李德胜在家乡就叫李老西。

有一天，李德胜告诉小牧童自己做了一个梦：有一个恶鬼到了崩石岭，说是每天要收三个魂，我向它求情，它答应我，这一次不收人，一个人也不收。我也要答应它，决不与它作对。

没有多久，一场瘟疫席卷当地，小牧童一家养的牛每天死三头，不多不少。

小牧童一家首先要求李德胜与恶鬼作战，可是李德胜找不到恶鬼，恶鬼只是出现在他的梦中。小牧童一家就把李德胜告上法庭，法庭最终判决李德胜劳改三个月，罚款八百元，关掉药材铺，一辈子不准行医。从法律的角度看，这种告状和判决都非常荒唐。但关键是李德胜认可"鬼"的存在。李德胜憎恶破坏自然的人类，认为自己生活在人与鬼的世界中，他说"我们是有鬼的人"。

"鬼神"在李德胜的世界中，作为神秘的东西，好像真实存在，存在于人们的日常生活中。这就引向了马原所说的"常识"。认可常识，并不是反对真理。常识是事实的一部分，是人们生活的一部分。很多不能用科学解释的事实，仍然是我们的生活。这样看来，马原所谓的"牛鬼蛇神"是指人类、动物和"鬼神"共存的一个世界，即我们所说的生活。"生活会教会你。"

三

马原在小说中反复思考了三个问题：我们从哪里来，我们是谁，我们往哪里去。

这里的"我们"不包括"动物"和"鬼神"，指的是人类。

马原提出的是大问题，人从哪里来，人是谁，人往哪里去。马原在小说中提出一个很有意思的问题。他认为在《圣经》中，水不是上帝创造的，因为《创世纪》中上帝开始出场就在水面行走，然后才创造万物。再者就是上帝无法控制大洪水，大洪水是自己消退的。而水是构成人的身体的最重要的物质成分，而且也是最多的物质成分。

他由此断定，上帝是借了水和地才创造了其他万物，其中人是上帝创造物中的佼佼者。但因为水不是上帝创造的，人是否是上帝创造的就变得非常可疑。人也不是外星人，因为外星球上没有水，也不能产生生命。

生命如何来的，仍然是一个未解之谜，可见他也并不相信达尔文的进化论观念。"我们是谁"的问题，小说中讨论比较多。马原认同"我们是地球万物的主宰"这一观念。这就一方面肯定了人在地球高于其他生物，另一方面也批判了以自我为中心的人对地球的生物多样性的破坏。这种破坏也包括对水和空气的污染。

马原患病后，离开都市去有健康的水、有健康的空气的地方居住，本身就是对人类中心观的一种反思。

关于我们是谁的问题，马原提出的第二个看法是：我们是"心和智的结合"。

"心"包括情感、善恶、想象。"智"包括知识、哲思、计算等。这些大道理没有多大意思，对我们是谁的问题的理解，要回到人物的命运上。

李德胜的人生是不断遭遇打击后的选择。理发店开不成了，他开药材铺；药材铺开不成了，他开扎彩铺。他总是能找到自己谋生的方式，确立人生的意义。

这也许就是马原所说的心与智的结合？

李德胜的女儿后来嫁给大元，大元是和他年龄差不多的朋友，昔日的朋友变成了女婿，他能接受这个事实吗？

小说中这样写道：

李老西的人生，是一种小草式的人生，
当有石头压制的时候，总是能寻找到吸收阳
光和雨水的道路。这种寻找的动力，就是来
自李老西对亲人，对朋友，对万物的一种温情。

　　大元与李小花新婚不久，就发现自己得了重病。
大元选择了保守治疗法，离开大都市，离开医院。小
说关于这一段的叙事很简单，用日记的方式讲述，但
给人一种感受：新婚后李小花的爱情，儿子的理解，
是给予患病后的大元的巨大安慰。

　　我们从哪里来？说不清楚。我们是谁？小说说了，
也没有说清楚。我们往哪里去？小说没有直说，但是
很明白。

　　实际上，重要的不是往哪里去，而是怎么去。大
元的人生告诉我们，在爱的温馨中，在自由健康的环
境中，走向人生的完结，那是最理想的。

宇宙维度中的生与死

严锋讲刘慈欣《三体》

一

《三体》这部作品大家都非常熟悉，它已经成为近十年来非常耀眼的文化现象，其影响力远远超出科幻文学的领域。

《三体》为什么能够拥有包括马云、雷军、奥巴马在内的广大读者？它的看点在哪里？到底为什么令人如此痴迷？我觉得除了科幻迷津津乐道的那些硬核科幻的元素外，《三体》里包含了大量对历史、社会、文化、人生、人性、道德的思考，而这些思考又是从技术的角度，在一个前所未有的巨大的宇宙空间展开。这在以前的中国科幻，乃至中国文学中都是没有过的。

这就是《三体》的核心魅力。

所以我以前说过一句话，后来也被很多人引用，那就是"这个人单枪匹马，把中国科幻文学提升到了世界级的水平"。很多年过去了，我现在还是这个看法，并不觉得这个看法有什么夸张。

如果我们要为刘慈欣的作品归纳一些关键词的话，最显眼的一个就是"宏"。

这不仅是字面的，比如他创造了一些独有的名词：宏电子、宏原子、宏聚变、宏纪元。"宏"更代表了一种大尺度的宏大视野。刘慈欣偏爱巨大的物体、复杂的结构、全新的层次、大跨度的时间。这种思想与审美的取向，看上去与我们的时代是格格不入的。

我们都知道，这是一个碎片化的时代、一个零散化的时代、一个微博和微信的时代。这个短、平、快的时代其实早就开始了。熟悉中国现当代文学的人都知道，整个"文革"后文学的走向，就是消解宏大叙事，"躲避崇高""回到日常"，走进"小时代"。

刘慈欣也多次表示自己写的是一种过时的科幻。那么，他为什么要反其道而行之？在对传统的回归之外，他又注入了何种新质，提供了怎样的新视野？他对潮流的反动，为何本身又变成了流行的潮流？

刘慈欣最喜欢的科幻作家是阿瑟·克拉克。刘慈欣在高考前夜看了克拉克的《2001 太空漫游》，他这样描写当时读后的心情：

> 突然感觉周围的一切都消失了，脚下的大地变成了无限伸延的雪白光滑的纯几何平

面，在这无限广阔的二维平面上，在壮丽的星空下，就站着我一个人，孤独地面对着这人类头脑无法把握的巨大的神秘……从此以后，星空在我的眼中是另一个样子了，那感觉像离开了池塘看到了大海。这使我深深领略了科幻小说的力量。

这段话是我们理解刘慈欣作品的一把钥匙，也有助于我们理解科幻文学的意义。

二

为什么大家对科幻越来越感兴趣呢？其实人一直喜欢幻想，所以有神话、宗教、文学。但是，人又不满足于幻想，渴望真实。人越来越理智成熟，从前的幻想已经无法满足现代人的精神需求，所以人一直在寻找幻想的新形式，这就是科幻。从前人信神，现在人信科学，两者的共同点是都能给人提供安慰和希望，但科学的安慰和希望比从前的神更加真实可信，从这个意义上科学不但是现代的神，而且比旧神更加威力强大。在某种意义上，科幻就是科学神话的最佳载体，或者说是旧神话与新科学的合体，将会越来越成为人类的主导性神话。

这样我们就可以开始理解"宏"的意义了。

首先，这是对我们熟悉的日常生活的一种超越，我们好像看到了另外一个世界，一个更大的世界。其次，我们对这种超越要有信心，这个超越还要讲道理，至少要在某种程度上是可证明的，哪怕我们还不能完全理解。那么科学的意义就在此现身。现代科学已经发展到这样一种程度，不要说普通人难以理解其中的原理，就是不同专业的科学家之间，往往也难以理解同行的工作，从这个意义上讲，科学也正在变成一种"宏"，一种外在于我们的巨大的东西，令人觉得神秘和敬畏。这种神秘和敬畏有没有意义？我觉得非常有意义。人活着，总要有点敬畏，总要对世界保持一点神秘感，否则生活就太没有意思了。

与这个"宏"相关的是维度，这是《三体》中非常关键的一个概念，也是一个令人敬畏的概念。我们知道一维是一条线，二维是一个平面，三维是二维加上高度。这些都是容易理解的，但什么是四维呢？这就很难想象了。当然，这对于数学家来说完全没有问题，物理学家更是不断推出新的维度。根据热门的弦理论，宇宙有多达十一个维度。这完全超出了我们直观的想象，但是从科学上来说是可能的。维度越高，空间越复杂，能看到的东西就越多。

《三体》中提到过一个"射手"假说：

有一名神枪手，在一个靶子上每隔十厘米打一个洞。设想这个靶子的平面上生活着一种二维智能生物，它们中的科学家在对自己的宇宙进行观察后，发现了一个伟大的定律："宇宙每隔十厘米，必然会有一个洞。"它们把这个神枪手一时兴起的随意行为，看成了自己宇宙中的铁律。

　　在刘慈欣看来，生命是从低维向高维发展，一个技术文明等级的重要标志，是它能够控制和使用的维度。在低维阶段，生命只获得有限的活动空间、有限的视野、有限的认知和控制能力。在《三体1》中，三体人给地球叛军之外的人类进行的第一次交流，只发来五个字："你们是虫子。"在高维生物看来，低维生物就是虫子，这是刘慈欣作品中经常出现的一个词。

　　有些人看到这个词很不高兴，认为刘慈欣是在贬低人类。其实他是跳出人类中心主义，从一个更高的维度来重新审视人类，打破一些人的盲目和自大。另一方面，虫子有虫子的生存能力。作品中的一个人物大史说：虫子的技术与我们的差距，远大于我们与三体文明的差距。人类竭尽全力消灭它们，但虫子并没有被灭绝，它们照样傲行于天地之间。把人类看作虫子的三体人似乎忘记了一个事实：虫子从来就没有被真正战胜过。

所以，从维度的概念出发，一要认清人类低维生存的真相，二要努力向高维发展。

三

怎么发展呢？在这方面，刘慈欣的想法是一以贯之的，那就是人类必须冲出地球，飞向太空。在刘慈欣的一些作品中，当地球面临生存危机的时候，都会形成对立的两派，一派要坚守，一派要出走。

我们可以看到，出走派其实代表了刘慈欣本人的立场。他是一位太空主义者，坚定地认为人类的未来是宇宙星辰。留在地球，就如同人类从一开始就不走出非洲，或者拒绝大航海，那只能坐吃山空，文化封闭，技术停滞。他说："地球是一粒生机勃勃的尘埃，而它漂浮的这个广漠的空间却一直空荡荡的，就像一座摩天大楼中只有一个地下贮藏间的柜橱里住上了人。这个巨大的启示一直悬在我们上方，这无声的召唤振聋发聩，伴随着人类的全部历史。这个启示，就像三十亿年前海洋给予那第一个可复制自己的有机分子的启示，已经把人类文明的使命宣示得清清楚楚。"

那么，是不是我们兴冲冲一头扎进宇宙的怀抱，就从此得道升天，获得拯救了呢？

事情远远不是这么简单，这里我们就来到了《三体》最核心、最吸引人也最具争议性的层面：黑暗森林理论。假如在太空中存在着无数的文明，它们之间应该是什么样的关系？

刘慈欣别出心裁地设想了一门"宇宙社会学"，专门研究这个问题。宇宙社会学设定两条公理："第一，生存是文明的第一需要；第二，文明不断增长和扩张，但宇宙中的物质总量保持不变。"粗一看这"公理"很简单，很平淡，但是它经过层层逻辑推演，导出的宇宙文明之间的关系却非常黑暗，非常残酷。这两条公理可以视为达尔文"物竞天择，适者生存"的进化理论的宇宙版本。在更加宏观的尺度上，在其展开过程中，就其淘汰的规模而言，宇宙进化论远比达尔文版更加惊心动魄。宇宙高维文明那种"毁灭你，与你何干"的漫不经心的态度，直刺建立在长期的人类中心主义之上的自恋情绪，也呼应着"天地不仁,以万物为刍狗"的东方世界观。

很多人难以接受如此残酷的宇宙模型。另外，这个黑暗森林版的宇宙，不是与刘慈欣一贯坚持的走向太空的诉求矛盾吗？

在这方面，其实存在着一些误解。

黑暗森林理论只是一个纯粹的思想实验、一种纯粹的逻辑推演。它推想的是在大尺度空间，在资源有限的情况下，相互隔绝而又技术飞速增长的文明之间可能形成的关系。那么，这样的宇宙模型是否适用于我们人类内部的关系呢？当然不能简单套用，但是，如果我们给地球文明加上相似的限定，如果我们的文明之间也形成了沟通的障碍，如果我们地球的资源也有限，如果不同的文明又对彼此技术的飞速发展耿耿于怀，那么相互的猜忌也是不可避免的，猜忌导致的技术封锁也是最有效果的打击手段。

同样的逻辑，我们也能够推导出打破这种囚徒困境的解决方案：寻找可能的沟通手段，拓展可能的生存空间。在所有的选项中，最差的博弈就是封闭隔绝。

黑暗森林理论的要义是生存，这也折射了中国从近代以来救亡图存的核心诉求，刘慈欣可以说是把这种历史与现实的情结提升到宇宙的高度。刘慈欣写尽了宇宙间生命为了生存的努力，也写尽了生存的复杂性，包括个体生存与群体生存的冲突，置之死地而后生，生中有死，死中有生。其中最有代表性的是程心这个人物，为了拯救生命却带来更多的死亡，为千夫所指。但是，我们最好不要忘了《三体3》结尾关一帆对程心说的一段话：

　　我当然知道你不怕，我只是想跟你说说话。我知道你作为执剑人的经历，只是想说，

你没有错。人类世界选择了你，就是选择了
用爱来对待生命和一切，尽管要付出巨大的
代价。你实现了那个世界的愿望，实现了那
里的价值观，你实现了他们的选择，你真的
没有错。

是的，程心没有错。如果我们把黑暗森林的逻辑
贯彻到底，那宇宙总有一天会毁灭。但只要有一个生
命心怀爱与悲悯，那么这个黑暗森林就还有一线光亮，
这个宇宙也就还有再生的希望。

划破黑夜的精神火炬

郜元宝讲胡适《不朽——我的宗教》
和周作人《蔼理斯的话》

一

现代作家，用散文的形式来探讨人生的哲理，追问生命的意义，有两个人的两篇文章很值得注意，这就是胡适《不朽——我的宗教》、周作人《蔼理斯的话》。他们的想法很接近，只是表述不同而已，所以不妨放在一起来讲。

先说胡适《不朽——我的宗教》。

胡适自幼丧父，是年轻守寡的母亲将他一手拉扯大，所以胡适很爱他的母亲，也非常佩服他的母亲，因为孤儿寡母，在胡家这个大家族里特别不容易。

胡适的母亲则很崇拜大自己三十岁的丈夫，从小就用丈夫的言行来教训胡适，比如叫胡适跟他父亲那样，在思想上独尊儒家。儒家思想以孔子为代表，既然"子不语怪力乱神"，那就应该努力于现实世界的事务，不去关心神神鬼鬼，所以胡家的门口贴有"僧道无缘"四个大字，宣布这家人不欢迎佛道两教的朋友。孔子又说"未知生，焉知死"，叫人好好活着，不必整天想着死和死后如何。胡适的母亲从小就教给胡适这种儒家的自然主义和现实主义。

但胡适小时候体弱多病，三岁多了，如果没人扶，还不能自己跨过门槛。他的母亲很担心儿子的健康，有时也就顾不得亡夫的教训，跟随家里的妇女去烧香拜佛，尤其是拜观音菩萨。小胡适看在眼里，就觉得奇怪：怎么"僧道无缘"的家庭也烧香拜佛拜观音呢？

十一岁那年，胡适读《资治通鉴》，看到司马光引用（也就是赞同）南朝齐梁时思想家范缜对"神灭论"的有关论述，特别是范缜所说的"形者神之质，神者形之用……神之于质，犹利之于刀；形之于用，犹刀之于利。……舍利无刀，舍刀无利。未闻刀没而利存，岂容形亡而神在"，就大感佩服，声称自己也是范缜的信徒了。

一年后走亲戚，看见路边一个亭子里供着几尊神像，他就鼓动同行的外甥一起把这些神像扔进水沟。外甥和长工们吓坏了，赶紧将他劝开。神像没有扔，胡适回家却发烧说起胡话来。长工就告诉胡适妈妈路上发生的事，胡适妈妈当然吓得不轻，赶紧烧香、谢罪、许愿。这件事过去之后，胡适不受任何影响，在心里继续相信神灭论，也就是无神论。

胡适是孝子，他当然不会当面顶撞母亲，但 1918 年，年轻的北大教授、从美国学成归来的胡适博士因为提倡"文学革命"而"暴得大名"的第二年，他母亲去世了。

为了纪念母亲，也为了梳理自己的思想，胡适撰写了他著名的文章《不朽——我的宗教》，刊载于《新青年》杂志，又稍加修改，用英文同时发表，公开宣布和自己的母亲截然对立的无神论思想。

既然是"不朽"，也就是"永恒""不死"的意思，怎么还是无神论呢？

原来胡适的"不朽"，不是"死后灵魂不灭"，而是模仿中国古人所谓"立德、立功、立言"的"三不朽"说，而发明出他自己的"社会不朽"。

胡适说，古人的"三不朽"只适合极少数杰出人物，不适合芸芸众生，而且"德，功，言"这三者的定义很模糊，尤其没有注意到消极的方面，而他的"社会不朽"（Social Immortality）可以包括一切人的一切好的坏的言行，这些言行一旦做出来，都会影响到天下后世。用胡适的话说，"小我"的一切都会融入"大我"，而"大我"是不朽的，那融入"大我"的"小我"也就一样不朽了，差别只在于程度的大小和功效的善恶而已。所以人就要竭力避免恶言恶行，追求嘉言懿行，也就是竭力避免坏的恶的不朽，追求好的善的不朽，并且努力扩充这后一个不朽。

胡适说，这就是他的宗教，就是他心目中人生的最高价值、最高意义。同样的思想，他后来又写进《我的信仰》以及《四十自述》，因此广为人知，在现代中国社会发生了巨大影响，尤其"小我""大我"的说法，更是深入人心，至今还不时可以听到。

二

我们再来看周作人。

周作人对这个问题的思考，跟胡适很相似。但胡适说他的"社会不朽"是受到范缜以及中国古代"三不朽"等思想的启发，最后由自己创造出来。周作人则非常谦虚，他说自己这方面的想法并非自己的发明，而完全是从英国作家、学者霭理斯那里抄来的。

我们知道，周作人写文章有个习惯，就是喜欢抄书。一篇文章的主体不是自己说话，而是抄录别人论著中的精彩段落。有人给他一个"文抄公"的称号，周作人不以为意，反而说抄书有什么不好呢？你以为抄书容易吗？你怎么知道自己的文章一定比别人的好，完全可以自说自话，不必引用他人？再说你知道抄书应该抄什么，不该抄什么吗？你读一本书，一篇文章，知道精华在何处吗？周作人既然有这种想法，当然就抄书不止了。他这篇《霭理斯的话》，正如文章题目所示，几乎完全是抄英国学者和作家霭理斯的话。

那么，周作人究竟抄了霭理斯什么了不起的话呢？原来这个英国人是这么说的：

世上总常有人很热心的想攀住过去，也常有人热心的想攫得他们所想象的未来。但是明智的人，站在二者之间，能同情于他们，却知道我们是永远在于过渡时代。在无论何时，现在只是一个交点，为过去与未来相遇之处，我们对于二者都不能有什么争向。……没有一刻无新的晨光在地上，也没有一刻不见日没。最好是闲静地招呼那熹微的晨光，不必忙乱的奔向前去，也不要对于落日忘记感谢那曾为晨光之垂死的光明。

在道德的世界上，我们自己是那光明使者，那宇宙的顺程即实现在我们身上。在一个短时间内，如我们愿意，我们可以用了光明去照我们路程的周围的黑暗。正如在古代火炬竞走——这在路克勒丢思（Lucretius）看来似是一切生活的象征——里一样，我们手里持炬，沿着道路奔向前去。不久就要有人从后面来，追上我们。我们所有的技巧，便

在怎样的将那光明固定的炬火递在他的手内，
我们自己就隐没到黑暗里去。

　　周作人引了这段话之后，只加了一句自己的评论，他说："这两节话我最喜欢，觉得是一种很好的人生观……或者说是霭理斯的代表思想亦无不可。"言下之意，霭理斯的"代表思想"的精华部分，也就在这几句话里头了。

　　这就是他抄书的眼光！

　　周作人所抄的上述霭理斯的话，和胡适的"社会不朽"有相通之处。但霭理斯单单立足于积极方面，而胡适的不朽，即一个人的言行必然发生的或大或小的社会影响，既有好的方面，也有坏的方面。胡适当然是要叫我们注意不要有坏的东西传达给天下后世，不要遗臭万年，遗祸无穷，而要尽量将自己的好的方面发挥出来，泽被后代，流芳百世，但胡适的设想虽然全面，却不够简洁有力。胡适毕竟是在说理，说得再好，也还太抽象，而霭理斯把这个道理概括为一个很有画面感、有视觉冲击力的在人类黑暗中传递火炬的意象，这就令人一下子明白其中的意思，而且容易记忆。

　　其实鲁迅也说过类似的话，"在进化的链条上，一切都是中间物"。有人把鲁迅这句话概括为"历史中间物的思想"，这和霭理斯所描述的"黑暗中的火炬传递"是相通的，但没有火炬传递这个意象更容易令人一听就明白。

所以周作人那么喜欢"霭理斯的话"，也就可想而知了。周作人确实终生信服霭理斯的话，用"黑暗中的火炬传递"的意象来激励自己，非常勤奋地做学问写文章。尽管他有时也很悲观，说历史总是循环，很少有真正的进步；说一切圣人的教训都无用，因为地球上好的教训实在太多，但人类还是不断犯错误，而且是重复地犯那十分低级的错误；说许多的努力好比是"伟大的捕风"，伟大是伟大，但结果都是什么也得不到的"捕风"。

尽管如此，他还是不肯放弃努力，因为他觉得这一切悲观失望的方面，犹如空虚的暗夜。暗夜是可怕、无情的，但那划破暗夜的火炬的光芒，不管是微弱还是强烈，不是更加美丽吗？与其唉声叹气，毫无作为地消失于周围无边的黑暗，还不如知其不可而为之，用一代又一代不肯服输的人类所传递的精神火炬，来划破黑暗，反抗虚空。

这一层思想，比起胡适单纯的乐观主义的"社会不朽论"，似乎还要更加丰富，也更加感人一些。

"魂灵的有无"与"死后"

郜元宝讲周作人《死之默想》及其他

一

鲁迅小说《祝福》第一人称叙述者"我"在"旧历的年底"刚回到故乡鲁镇，就被可怜的祥林嫂拦在河边，问出一连串关于死后有无魂灵和地狱、一家人能否在地狱相见这样一些终极问题。

祥林嫂为何偏偏要拿这些问题来问"我"？因为她想当然地认为，这个"我""是识字的，又是出门人，见识得多"。

很遗憾，"我"被祥林嫂的问题弄得惊慌失措，支支吾吾，答非所问，这就使得祥林嫂在受到无数次身心两面的伤害之后，又遭遇更大的精神伤害。第二天，这个可怜的"弃在尘芥堆里"的女人，就带着无限的疑惑与恐惧，离开人世，去了她所不知道的漆黑的所在。

《祝福》第一人称叙述者"我"和作者鲁迅当然不能画等号，但鲁迅跟这个"我"一样，"对于魂灵的有无",确实也是"向来毫不介意的"。

鲁迅熟悉西方宗教、哲学和文学,很早就爱读但丁和陀思妥耶夫斯基的作品,对《神曲》里那些鬼魂在地狱所受的刑罚以及陀思妥耶夫斯基小说人物在"万难忍受的境地"关于生与死的思索,印象深刻,直到晚年还如数家珍。

此外,鲁迅对中国古代各种思想文化流派(包括外来的佛教),以及民间社会对鬼魂和死后的各种观念和说法也十分了解,因此"对于魂灵的有无"以及死后灵魂的归宿这个终极问题并不陌生,但这只限于理性的关注与研究,并不等于他相信和认同那些灵魂和死亡的观念,正是在这个意义上他才说,对于这些他是"向来毫不介意的"。

我们知道,在留学日本时期,为了驳斥浅薄科学主义者"破迷信"的谬论,鲁迅曾经替世界各大宗教做过辩护,但除此之外,他本人确实并不相信身体消亡之后,不死的灵魂还要去天堂或下地狱,或者进入佛教的无尽轮回。对生命的终结,他只用一个字概括,那就是"坟"。"坟"是空虚无物,不值得为此劳心费力,重要的是从出生到坟墓之间的道路,也就是活着的时候应该如何活得更好。

20 世纪 30 年代,青年学者李长之写过一本有名的《鲁迅批判》,说鲁迅的思想最核心的部分就是强调

"人必须活着"。这是有道理的。用鲁迅自己的话来说，就是"一要生存，二要温饱，三要发展。苟有阻碍这前途者，无论是古是今，是人是鬼，是《三坟》《五典》，百宋千元，天球河图，金人玉佛，祖传丸散，秘制膏丹，全都踏倒他"。其实在这一点上，鲁迅和孔子"未知生，焉知死"的思想是高度一致的。

20 世纪 20 年代，鲁迅写过一篇寓言故事《死后》，收在散文诗集《野草》中。晚年又写过一篇文章，就叫《死》。但无论《死后》还是《死》，尽管都是正面谈论"死"的文章，却令人闻不到一点死亡的气息，纯粹是借着谈"死"来谈"生"，洋溢着"生"的激情。

二

1924 年 12 月，周作人写过一篇《死之默想》，一本正经也来谈"死"，而他的思路竟然和鲁迅高度一致，也是借谈"死"来谈"生"。关于"死"本身，则明确表示毫无兴趣。

这篇文章一上来引用希腊诗人巴拉达思的一首小诗：

> 你太饶舌了，人呵，不久将睡在地下；
> 住口吧，你生存时且思索那死。

周作人开玩笑地说，听了这位希腊诗人的话，他没事的时候，当真也曾想过"死"的事情，"可是想不出什么来"，"我不很能够感到死之神秘，所以不觉得有思索十日十夜之必要，于形而上的方面也就不能有所饶舌了"。这还是孔子那句话，"未知生，焉知死"。

那么有没有"灵魂不死"呢？周作人对此也是断然否定的。他说"对于'不死'的问题，又有什么意见呢？因为少年时当过五六年的水兵，头脑中多少受了唯物论的影响，总觉得造不起'不死'这个观念来"。他还说那些神仙鬼怪的故事一点也不可爱，尤其神仙们的生活，在他看来更是单调乏味，无聊透顶。

否定了"死"，也否定了"不死"，周作人就堂而皇之亮出他的人生观：

> 大约我们还只好在这被容许的时光中，就这平凡的境地中，寻得些须的安闲悦乐，即是无上幸福；至于"死后，如何？"的问题，乃是神秘派诗人的领域，我们平凡人对于成仙做鬼都不关心，于此自然就没有什么兴趣了。

这和鲁迅在此前十个月创作的小说《祝福》第一人称叙述者"我"的说法，不是如出一辙吗？假如祥林嫂遇见周作人，得到的回答，和《祝福》中的"我"

所提供的，应该完全一样吧。

三

再来看看胡适。

1919年2月，胡适在《新青年》第6卷第2号上发表了《不朽——我的宗教》，斩钉截铁地否认了"神不灭论"，也就是不承认死后还有灵魂。他说人的灵魂随肉体的死亡而寂灭，但这并不可悲，因为人还可以通过别的办法达到"不朽"。中国古人有三不朽说，即立德、立功、立言，只要有高尚的道德，显赫的功业，卓越的著书立说，都可以不朽。

但胡适并不满足于古人的"三不朽"，因为那只限于少数杰出的个人，不能包括芸芸众生，而且所谓"德功言"的界说也很模糊。因此胡适在古人的"个人不朽论"的基础上，又提出了他自己创造的"社会不朽论"，意思是无论谁，也无论做了什么，都会影响到天下后世，只不过程度之大小与效果之善恶，有所不同而已。这种"社会不朽论"教人对自己的一言一行都必须负责，所以是积极有益的人生观。

很显然，在这样的人生观里，宗教意义上的"灵魂"和"死后"是没有任何余地的。

1924年，就是鲁迅写《祝福》、周作人写《死之默想》

的同一年，胡适给1923年在全国范围内举行的"科学与人生观"大讨论所产生的一部论文集写序，重申了1919年这篇《不朽——我的宗教》的基本观点。有人讽刺说，这是"胡适的新十诫"。

1931年，胡适发表了《我的信仰》，写他小时候和守寡的母亲，在宗教信仰上本来恪守父亲的遗训，独尊儒家，"僧道无缘"。但母亲为了给他这个独生子祈求健康福祉，免不了要烧香拜佛，尤其是拜观音。后来胡适偶尔读到司马光《资治通鉴》所引述的南朝齐梁时范缜的"神灭论"思想，就为范缜所折服，成了"神灭论"坚决的拥护者。这个细节又出现在1931年出版的《四十自述》中，该书专门有一节，就叫"从拜神到无神"。

胡适的母亲1918年逝世，这直接导致了胡适写作那篇《不朽——我的宗教》，来阐发人生的意义。后来的《四十自述》和《我的信仰》都是由此发展而来。当胡适在不同时间发表他的"无神论"和"社会不朽论"时，对他母亲为他而烧香拜佛，自然表示了悲悯和感激，但理智上早就把他母亲那可怜的信仰给彻底否定了。

胡适母亲二十三岁做了寡妇，鲁迅、周作人的母亲三十八岁开始守寡。她们当然含辛茹苦，但比祥林嫂可要幸运多了。不过，有一点她们还是和祥林嫂相同：在灵魂和死后这些根本的信仰方面，她们跟她们的儿子也完全不能沟通。

如果胡适、鲁迅、周作人的母亲向她们的儿子问起"魂灵的有无"和"死后"，这些"识字的，又是出门人，见识得多"的人中龙凤，中国文坛的领袖人物，是否也会像《祝福》第一人称叙述者"我"那样，惊慌失措，支支吾吾，落荒而逃呢？

这实在是一个有趣的问题。

反抗绝望

郜元宝讲鲁迅《未有天才之前》《希望》
《生命的路》及其他

一

一般谈论中国现代文学，似乎只有小说、诗歌、戏剧、散文才是文学，其他都不算。其中小说的地位又一枝独秀，而散文的定义又太狭窄，似乎只有描写、抒情、叙事的散文才是文艺性散文，也就是美文，发议论的就不算，比如杂文。鲁迅杂文是个特例，没有人敢于否认他的杂文是文学，但别人的杂文是否属于文学，就很难说了。

近年来，中国文学的体裁概念有一种放大的趋势，逐渐冲破了上述相对狭隘和固化的格局。比如小说的地位就有些降低，至少不像过去那样一枝独秀了。诗歌、戏剧一直徘徊于低谷，尽管在专业的诗歌界和戏剧界还很红火。最主要的，散文园地大大丰富了，出现了各种各样的散文，比如文化大散文，比如书评，比如学者散文，等等。

用这个新的、放大了的文学体裁的眼光再来看现代中国散文，就有不少值得注意的文学现象。其中最值得重视的就是议论性的散文。其实，周作人最初提倡的"美文"就是英国的随笔 essay，其主体就是议论文，并非偏于描写、抒情乃至叙事的那种所谓文艺性的"美文"。美文原来是论文，只不过出于误解，才被弄得狭隘化了。总之现代文学中那些偏于议论的散文很值得重新加以认识。其实鲁迅的杂文就偏于议论，而翻开《古文观止》，议论性的美文不也比比皆是吗？让议论性的散文回归"美文"的范畴，也是发扬光大中国散文的这一优秀传统。中学生作文不会写议论文，这不能不说是我们的语文教育的一个遗憾。

说到议论性散文的复活，或者按照文学史的脉络，就叫"美文"或"杂文"的复兴吧，就无法回避这一类杂文经常谈论的一个主题，即人生的意义和价值究竟是什么。

这本来应该是哲学家在哲学论著中回答的问题，但中国现代的一些议论性散文也会经常触及，而且这些作家用散文的形式追问人生的意义，无论思考的深度还是影响的广度，一点也不逊色于哲学家的论著，甚至还有过之而无不及。

二

我们就且来看看鲁迅的议论性散文是如何探索人生意义这一终极问题的。

鲁迅的杂文，是"匕首""投枪"，专门"攻击时弊"。他自己很谦虚，说"攻击时弊"的杂文不应该追求永恒的价值，而应该甘心和"时弊"一同灭亡。如果攻击时弊的杂文总是有读者，生命力很绵长，那就意味着这种杂文所攻击的时弊本身依然存在，社会依然没有进步。所以鲁迅盼望他的杂文"速朽"而非"不朽"。他的杂文"速朽"，就意味着杂文所攻击的对象消失了，社会进步了，杂文的功效和意义也就显示出来。

鲁迅所讲的是他主要的文学活动，即杂文写作的意义归宿，其实也就是他人生的意义，因为他人生的绝大部分时间就消耗在用杂文的方式攻击时弊了。

从来没有（或很少有）文学家肯这样定位自己的文学创作，他们总是希望自己的作品具有某种永恒和不朽的生命，而鲁迅却希望他的作品"速朽"，可见鲁迅是把社会进步和人生的改良当作自己追求的主要目标，至于自己得到怎样的回报，并不是他首先考虑的问题。

现在都说，五四新文化鼓励个人主义，鼓励个人成名成家，鼓励个人追求生命价值的最大化，即通常所说的"自我（价值）的实现"，并且认为这套价值体系容易导致自私自利的价值观念的流行。如果我们仔细了解五四一代人的真实想法，你会发现，上面这些说法是有多么冤枉他们。

就拿鲁迅来说，他就不希望自己的作品不朽，反而希望它们速朽，这就不是为自己着想，而是为社会着想。周作人一再说鲁迅之所以取得那么高的成就，并非他一心想成名成家，恰恰相反，当他工作的时候，简直就忘我了，很少考虑自己的得失，只看重工作本身的意义。比如他的许多作品都不署自己的名字，要么不断变化笔名来发表。鲁迅就是本名叫周树人的这个作家一生所用的几百个笔名中的一个。你能说这样的人，是自私自利吗？

鲁迅在《未有天才之前》这篇讲演中，鼓励大家不要一心做天才，而不妨去做替天才服务的泥土。这句话经常被误解，好像鲁迅看不起大家，说你们既然不是天才，就老老实实做泥土吧。

其实并非如此。生命的意义并不全在天才式的高峰体验，泥土的意义也值得追求，做泥土的快乐也值得享受。泥土所做的琐碎的小事，和天才所做的伟大功业，在性质上并无什么不同。甚至泥土的意义就是天才的意义，只不过说法不同而已。

相反，如果我们仅仅用世俗的天才标准来衡量自己与他人，比如父母们只用高考上大学、将来进北大清华牛津哈佛，来激励子女，让他们在这条独木舟上与同样想法的年轻人进行生存竞争，那么他们的生命将十分单调，也十分危险。别说失败的概率很高，就算成功了，也很可能得不偿失。

鲁迅劝大家做泥土，绝不是贬低大家，更不是叫大家上当，而是叫人充分享受人生的意义和乐趣。

三

鲁迅有一首充满议论的散文诗《希望》，还有一句名言，叫"反抗绝望"。

生活有许多不如意事，令人失望，甚至绝望。这本来是个无解的问题。你怎么去劝慰一个绝望的人振作起来呢？告诉他们："既然冬天已经来临，春天还会远吗？"那他们会说："既然春天不远，那接下来不还是冬天吗？"可见许诺一个美好的远景，以此鼓励别人，鼓励自己，有时并不管用。万一你所许诺的，或你自己所怀抱的理想，最终被证明是空洞虚妄呢？

鲁迅的鼓励就很特别。他说希望也许是虚妄的，但匈牙利诗人裴多菲说得好，"绝望之为虚妄，正与希望相同"。既然绝望也是虚妄的，既然整天唉声叹气跟整天盼望祈求都是虚妄，那么我还不如选择希望，我还不如反抗自己或他人的绝望！我干吗要被绝望压倒呢？万一希望并不虚妄，万一绝望反而是个骗局，我不是亏大了吗？

鲁迅的态度是如此积极，如此乐观。但他的积极和乐观，不是廉价和盲目的，而是看穿了所谓悲观绝望的把戏，这才转向乐观和希望。

他认为，这才是生命应有的色调，才是生命应有的意义。

这种战胜了或竭力要战胜悲观绝望、竭力要为生命开辟一条生路的态度，在鲁迅的小杂文《生命的路》中表达得最充分，我们就用其中的文字，来结束这一讲吧：

> 生命的路是进步的，总是沿着无限的精神三角形的斜面向上走，什么都阻止他不得。
>
> 自然赋予人们的不调和还很多，人们自己萎缩堕落的也还很多，然而生命决不因此回头。无论什么黑暗来防范思潮，什么悲惨来袭击社会，什么罪恶来亵渎人道，人类的渴仰完全的潜力，总是踏了这些铁蒺藜向前进。
>
> 生命不怕死，在死的面前笑着跳着，跨过了灭亡的人们向前进。

什么是路？就是从没路的地方践踏出来的，从只有荆棘的地方开辟出来的。

以前早有路了，以后也该永远有路。

当你老了

郜元宝讲周作人《老年》、鲁迅《颓败线的颤动》及其他

一

从清末维新运动到辛亥革命的二三十年，"少年"无疑是文化新潮中最重要的一个话题。梁启超《少年中国说》（1900）登高一呼，应者云集。直到今天，在各种媒体还经常可以听到"少年强，则国强"的口号。青少年教育和成长，始终牵动着亿万中国家庭的心。

五四前后，《狂人日记》"救救孩子……"的呐喊振聋发聩，加上进化论思想的巨大影响，所谓"青年必胜于老年"，老年人要为青年人让路做牺牲，这种"幼者本位"的观念被鲁迅、周作人引进中国，也迅速流行开来。

当时的"少年""幼者"，其主体相当于今天的青年，也包括今天所谓少年，因为少年转眼就成了青年。当时没有成年人与未成年人的说法，在青年和少年中间也没有划出清楚的界限。

113

青年（或青少年）的地位抬得如此之高，在中国可谓亘古未有。这当然不可能是传统读书人的想法。

我们知道，新文化运动的主阵地是《新青年》杂志，汇聚于此的是一帮自称"少年"的新派知识分子。《新青年》前身《青年杂志》1915 年创刊时，主编陈独秀三十六岁，鲁迅三十四岁，周作人三十岁，钱玄同二十八岁，李大钊二十六岁，胡适、刘半农同龄，才二十四岁。

一年后《青年杂志》改名《新青年》，再过一年文学革命正式发动，上述几位也不过添了一两岁，今天说起来都还是青年。这些人发起新文化运动，当然要以少年为主体，老年人根本没地位。

二

然而，当时社会上传统的"尊老"思想还很流行，这就势必要和"少年中国""幼者本位"的观念发生激烈碰撞。但随着新文化运动节节胜利，白话文很快战胜文言文，创作白话新文学的绝大多数是青年，所以不管"尊老"的思想如何顽固，如何强大，至少在新文化运动内部，活跃分子是清一色的青年，是非对错由他们说了算。

当然有例外。1919 年五四运动爆发，蔡元培五十一岁，梁启超四十六岁，当时都算老年了，但他们主动放弃老人和长者的姿态，甘心乐意跟在一帮少年屁股后面跑，被后者欣然接纳，引为同道，多少也能发出他们自己的声音。

不过，与时俱进的老年毕竟是少数，绝大多数都被推到青年人的对立面，因此"父与子的冲突"非常普遍。那些掌握了话语权的新文化运动主角们写到父辈或祖父辈，几乎千篇一律要加以丑化和漫画化，比如鲁迅《祝福》中的四叔，巴金《家》中的高老太爷及其不成器的儿子们，稍后还有茅盾《子夜》中的吴老太爷，钱锺书《围城》中的方遯翁。老年人几乎代表了糊涂、落后、闭塞，反动、腐朽、垂死，可笑而又可憎。对老年人的这种文化定位深刻影响了后来的文学创作，老年人的地位一落千丈。钱玄同甚至主张，人过四十，就该自杀。

这当然太偏激，也太简单，必然激起反抗。但文坛、学界和舆论媒体既然被青年人和拥护青年的个别中老年权威所掌控，老年人的声音就很难发出来。我们现在看严复等人的通信，多少还能感受到那些迅速被推到历史舞台边缘的老人们的悲哀与无奈。

有趣的是，新文化运动高潮过后，终于有人以老年人的身份站出来说话了，但并非章太炎、严复、林纾等曾经呼风唤雨后来被边缘化了的老人，而是新文化阵营内部的领袖人物。他们刚刚还以"少年"自居，一转眼发现自己也老了，就凭借自己所拥有的话语权，开始为老人说话。

五四以后，刘半农有句名言，说转眼之间，他们这些五四人物就被推到"三代以上"，不仅成了老人，还简直成了"古人"！刘半农是感叹时代发展太快，后生可畏，但他对后起之秀也很不满，禁不住要以老年人的口吻进行攻击。刘半农的杂文《老实说了吧》，就是说"我们"这班如夏商周"三代以上"的老人固然没什么了不起，但"你们"年轻人也不怎么样！刘半农说出这番话，爽快是爽快，但也为此付出了代价：在文坛新秀们看来，尽管刘半农从法国辛辛苦苦挣回来货真价实的博士学位，学到许多新的治学方法，但他本质上已经站到青年的对立面，变成满身晦气的过时的老人了。

这一点，刘半农很有代表性。五四以后，所谓"京派文人"往往就属于这个类型，他们在文学史上的形象通常都是些暮气沉沉的老人。并非他们真的老了，而是他们的思想起了变化，选择了和少年时代不尽相同的新的文化立场。

三

周作人五四时期写过一篇纲领性文章叫《人的文学》，但他所谓"人"，只是抽象的男人、女人和小孩，并不包括老人。

到 20 世纪 30 年代，周作人开始大谈老年问题，1935 年还专门写了篇杂文叫《老年》，对日本南北朝时期著名的兼好法师和德川幕府时代的诗人芭蕉赞不绝口，因为他们都有关于老人的通达言论。钱玄同说人过四十就该自杀，很可能就是受了周作人所介绍的芭蕉的影响。

回顾中国文学史和思想史，周作人觉得大概《颜氏家训》有一点关于老人的通达意见，但他没有找出来。他所知道的只有陶渊明某些诗句，明末清初思想家傅山的一篇《杂记》和乾隆年间一个叫曹庭栋的人所著的《老老恒言》。

周作人特别欣赏《老老恒言》，说它"不愧为一奇书，凡不讳言人有生老病死苦者不妨去一翻阅，即作闲书看看亦可也"。周作人对这部"闲书"念念不忘，三年后又写了一篇书评，题目就叫《老老恒言》，反复说这是"一部很好的老年的书"，"通达人情物理，能增益智慧，涵养性情"，其中关于"养老"的论述，"足为儒门事亲之一助"，就是有助于推广《论语》《孟子》

《礼记》中那些尊老养老的孝道。

周作人对某些同龄人为老不尊，整天跟在年轻人屁股后面跑，深表不屑。有人说这是在讽刺吃过青年的亏却仍然不肯放弃青年的鲁迅，但也令我们想起蔡元培和梁启超。

周作人主要反思：五四以后，为何会出现盲目抬高青年而一味打压老年的偏激思想？他发现一个根本原因，是中国作家、思想家、言论家们很少想到人是会老的这一事实，因此为老年人着想、为老年人写作、适合老年人看的书寥若晨星。好像老年人就不是人似的。这就逼迫那些不甘落伍的老人只好假装忘记"老丑"，混在年轻人的队伍里胡闹。

所以周作人呼吁要把老年人也算在"人"的概念里，给老年人适当的空间，至少要有一些让老年人说话、适合老年人阅读、可以听到老年人心声的书籍。

如果说五四发现了现代意义上的"人"，尤其是女人、儿童，那么不太受人注意的是，五四以后，以周作人为代表的一些知识分子还进一步发现了老人也是"人"，也需要给予关心。

四

一般以为，直到1927年广州事变之后，因为看到青年的种种不良乃至罪恶的表现，鲁迅才声称他的"青年必胜于老年"的进化论被"轰毁"了。

其实鲁迅早就怀疑老人／青年二元对立的思维模式，1925年所作散文诗《希望》就说："我早先岂不知我的青春已经逝去了？但以为身外的青春固在。"所谓"身外的青春"，就是他所深爱的青年人。但《希望》接着又说："然而现在何以如此寂寞？难道连身外的青春也都逝去，世上的青年也多衰老了么？"这就是鲁迅对于青年的怀疑和责备了，难道你们也都老了吗？他的结论是，"纵使寻不到身外的青春，也总得自己来一掷我身中的迟暮"。就是说，即使没有青年同志，他这个老人也不怕独自去战斗。

如果说《希望》显示了鲁迅对青年人的怀疑和不信任，那么另一篇《颓败线的颤动》就是写青年对老年恩将仇报，老年对青年爱恨交加。

《颓败线的颤动》讲一个女人，年轻时为了养活女儿，不得不去做妓女。但女儿长大之后，竟然跟女婿一起，还拉着他们的孩子，声讨母亲年轻时的屈辱经历。他们说"我们没有脸见人，就只因为你"，"使我委屈一世的就是你"，"你还以为养大了她，其实正是害苦了她，倒不如小时候饿死的好"。面对这种指责，垂老的妇人无言以答，心中翻江倒海，激荡着"眷念与决绝，爱抚与复仇，养育与歼除，祝福与咒诅"种种矛盾的感情。用鲁迅自己的话说，就是简直要"出离愤怒了"。

鲁迅始终对青年寄予厚望，他深知中国的希望只能在青年。但在与青年交往合作的过程中，他往往又忍不住失望乃至愤怒。他临终之前不久发表的对左翼青年的公开信，就毫不客气地说，在号称进步的左翼文学界有不少"'恶劣'的青年"。鲁迅杂文所攻击的对象，往往就是那些活跃于文坛的青年。

鲁迅对青年的怀疑、失望和责难，早在 1923 年的一次笔战中就火力全开了。对他自己的学生、后来成为著名语言学家的魏建功，鲁迅曾经这样大发雷霆："我敢将唾沫吐在生长在旧的道德和新的不道德里，借了新艺术的名而发挥其本来的旧的不道德的少年的脸上！"

回想当初"救救孩子"的呐喊，岂可同日而语？

总之步入中老年之后，第一代五四人变得更稳健，更深刻了。他们提出"老年"问题，并非否定英姿勃发的青年生力军，更不是要回到以老年为本位的旧传统，而是强调，一个社会既要有青年的声音，也要有老人的声音。如果不把老人当人，老人的想法无论对错都无人倾听，那么这个社会就不够健全。

五四一代讨论老年问题，当然远没有他们当初呼喊少年时那么响亮。今天中国早已是老龄社会，老年人的生态心态成了严重的社会问题。此时此刻，回顾五四一代对青年和老年的论述，就真是别有一番滋味在心头了。

智慧树下的吟唱

李丹梦讲穆旦《智慧之歌》

一

穆旦是个颇有特色的诗人、翻译家，他的诗在大众中并无太大的声名、反响，但在知识分子尤其是专业读者那里却颇受瞩目和欢迎。近年来，关于穆旦的研究更是持续升温。这跟穆旦诗作的抒情方式和言说主题有密切关系。穆旦的诗歌构思和书写带有很强的理性色彩、玄学意味，和中国人熟知亲切的感性抒情迥然不同。感性抒情是由眼前看到的具体、可触的事物勾起诗化的情绪波澜，简单说即从所见激发诗性。但穆旦的诗歌却是对问题的直接切入，诗人通过对抽象概念（诸如爱情、智慧、友谊、战争等）的专注、凝视，衍生出了一种独特的诗意的思想运动。其隔膜和魅力均由此而起。

穆旦诗句的结构通常并不复杂，用词也毫不花哨，但串联起来却透出明确的晦涩与不和谐之感，颇有些外国诗的格调。这里的确存在西方影响或模仿西方的痕迹（如英国诗人艾略特和奥登的诗歌趣味），但绝大部分是出于穆旦自己的真情流露和创造。在五四以来的中国新诗史上，穆旦首度将理性和激情熔铸在一起，他被誉为"中国现代诗最遥远的探险者、最杰出的实验者与最有力的推动者"。自始至终，穆旦诗歌关注的都是作为个体的知识分子与社会的关联，袒露了他们心灵炼狱的震荡、挣扎与求索，一种尖锐、紧张以至"丰富，和丰富的痛苦"。

穆旦本名查良铮，1918年生于天津，祖籍浙江海宁，与武侠小说家金庸（本名查良镛）系同族叔伯兄弟。1935年，穆旦考入清华大学外文系，1940年毕业于西南联大，后留校任教。1942年，24岁的穆旦怀揣一腔爱国激情加入由国民党将领杜聿明率队的中国远征军，赴缅甸对日作战，亲历了惨绝人寰的野人山撤退，有五万多名中国军人死于途中，穆旦是极少数幸存者之一。这次战役对他的刺激极大，他诗作里那异乎寻常的冷峻清醒、张力撕扯，与此不无干系。毕竟一个曾经和死神唇吻并饱受了惊恐、饥饿与自然界蚕食、杀戮等极限体验的人，是难以唱出祥和浪漫的歌的。他心仪的曲调总有些不谐之音，如同一直潜伏、突然绽露的命运嘲弄或圈套。1949年，穆旦自费到美国留学，就读于芝加哥大学英文系，1953年回国在南开大学外文系任教。在随后的一系列政治运动中穆旦屡遭冲击，受尽磨难。1977年2月26日，穆旦因突发心脏病死在手术台上，享年59岁。

穆旦的诗歌大多写于20世纪40年代，后来因政治气候捉摸不定，他把精力主要放在英俄诗歌的翻译上。王小波曾称穆旦的译作是中国现代文学史上"最好的文字"，并尊穆旦为偶像。穆旦翻译了拜伦、雪莱、普希金的大量诗作，自己的诗歌创作却基本处于停滞状态，直到1976年，诗歌的春天才姗姗回到穆旦身上。《智慧之歌》便创作于这一时期。

据现有资料统计，穆旦1976年一共写了二十七首诗，《智慧之歌》系开篇之作，历来被认为是诗人晚年最具纲领性意义的作品，它淋漓尽致地展现了穆旦在风烛残年之际，对生命的沉思与荷担。

虽然历经坎坷，穆旦却并没有被岁月压垮，更未停止对现实和自我的思索。1975年在给友人郭保卫的信中，穆旦写道："我是特别主张要写出有时代意义的内容，问题是，首先要把自我扩充到时代那么大，然后再写自我，这样写出的作品就成了时代的作品。这作品和恩格斯所批评的'时代的传声筒'不同，因为它是具体的，有血有肉的了。"《智慧之歌》便是践行这一主张的佳作，它不仅是诗人个体人生智慧的总结，亦折射出历史转折关头民族劫后余生的精神状态。

二

　　穆旦给《智慧之歌》的落款时间是 1976 年 3 月，一个乍暖还寒的时节，还有半年"文革"就要结束了。但在当时的环境下，这注定还是一首只能藏在抽屉里的诗。那么，穆旦为什么要写它？沉寂了近三十年的诗笔、歌喉，怎么突然发声了？究竟有什么不能已的情愫呢？

　　诗作开门见山交代了这点："我已走到了幻想底尽头。"但凡诗人，大多热衷幻想，穆旦 1942 年底曾写过一首《幻想底乘客》，那时的"乘客"虽然"走上了错误的一站"，但毕竟还有幻想的支持。一旦幻想消灭，诗人、诗歌恐怕都不复存在了吧。联想到第二年春穆旦的溘然离世，《智慧之歌》俨然是诗人留给后世的一份"诗歌遗嘱"。

　　回首往昔，当穆旦 1953 年满怀憧憬地回到祖国时，他做梦也想不到，不过一年，自己就被定为"肃反对象"。1958 年，他又因参加国民党远征军的污点经历，被安上"历史反革命"的罪名，接踵而来的管制、批判、检讨、劳改，成了穆旦今后十八年生活的家常便饭。

　　当他终于从改造农场回到南开，等待他的日子也好不到哪儿去。一家六口像闷罐沙丁鱼一样，挤在学生宿舍楼的小屋。由于自己的"历史问题"，插队内蒙古的大儿子始终得不到入党、升学的机会，穆旦内心倍感煎熬、自责。

1976年初的一个晚上，穆旦到南开校外帮儿子打听招工事项，不慎摔伤了腿，导致股骨骨折。腿伤成为诗人晚年心境的一个转折点，他在给友人的信中说："这腿病使我感到寿命之飘忽，人生之可畏，说完就完。"祸不单行，费时十余年才翻译完毕的拜伦巨著《唐璜》，竟然出版无望，这给穆旦的打击更为沉重。在主动封笔创作后，穆旦几乎完全靠译诗来接续、维系生命的意义。《智慧之歌》就是在这样一种近乎绝境的生活荒漠中弹奏出的一曲天籁。

比照"风刀霜剑严相逼"的人生窘境，让人诧异震撼的是诗人那娓娓道来的平静语调和哲理思索。《智慧之歌》共有六节，每节四行，每行字数、节拍大体均齐，每节的偶数行还押着尾韵，读来声调铿锵，极富乐感。从结构上看，穆旦明显对诗作有过全局性的考量，起承转合的构造甚为清楚自然。首节回溯过往，是起；第二到第四节逐一罗列并叹惋爱情、友谊、理想的今昔巨变，是承；第五节诗人从追忆的世界中回过神来看待"痛苦"的现实、当下，这是转；最后一节点出诗眼"智慧"二字，指明痛苦与智慧的辩证关联，这又是合。

总之，整首诗不仅诗律有致，起承转合的逻辑也很严密。明明要说智慧，却先从幻灭说起，进而谈到爱情、友谊等的诸多丧失，这种反面着笔、欲擒故纵的言说不仅透着自嘲反讽，亦显露出诗人试图超越痛楚的自我把控与努力。而由此展现的跌宕戏剧的诗性思维，更是独具穆旦风格，让人心折。整首诗就像是一位心思缜密的智者对我们的智慧开示。

> 我已走到了幻想底尽头，/这是一片落叶飘零的树林，/每一片叶子标记着一种欢喜，/现在都枯黄地堆积在内心。

这是第一节。逝者如斯，年华老去，年轻时拥有的美妙"幻想"终于到了结束和清点的时刻。人生无常，难免留下种种遗憾。诗人曾说，"'人生是个坏演员'，它的确演得很不精彩，随随便便就混过了一辈子"。这是他致信老同学董言声时写的，就在同一封信里，他紧接着表示："我总想在诗歌上贡献点什么，这是我的人生意义。"一方面是"幻想"走到了尽头，另一方面却仍秉持着积健为雄的自我期待，这种矛盾的心态贯彻了《智慧之歌》的始终。诗歌首节将暮年人生比作"落叶飘零的树林"，却又说每片叶子都标记着"欢喜"。诗人虽貌似侧重了前者（即飘零），却也让读者不自主地生出期待，或许最终还会有"欢喜"的归来与反转？

生命是一个不断掩埋又发掘、发现的过程，在万物的流动变迁、毁灭死亡中，穆旦试图寻求某种永恒的意义。这应该就是智慧了吧。

三

在给诗人兼好友杜运燮的信中，穆旦说："岁数大了，想到的很多是'丧失'（生命，友谊，爱情），（也有理想），这些都不合时。"巧合呼应的是，爱情、友谊和理想的丧失，恰恰为《智慧之歌》第二到第四节的主题，它们成了引出智慧的铺垫与前提。

在标记"欢喜"的叶子中，有一片是爱情，这是"青春的爱情"，炫目灿烂，然而注定不成熟，也不长久，所以诗人将其比作一闪而过的"流星"，要么"永远消逝"，要么"冰冷而僵硬"。穆旦的初恋是燕京大学的一个女学生，因为家里逼婚，据说是把诗人甩了，穆旦的自尊受到重挫。好友杨苡后来回忆说，断绝关系的消息传来，"整个楼道都听得到他愤怒的声音"；从西南联大毕业后，穆旦又跟金陵女子大学的曾淑昭有过一段情缘，后因诗人参军入伍也搁浅了。

或许正是这些不尽如人意的罗曼史激发了穆旦对爱情的悲观感受，他早年名作《诗八首》对爱情的书写也是悲观重重：爱情非但没有预想的甜蜜，反而充满了危险、懈怠和背叛。到了《智慧之歌》，穆旦对爱情的悲观认知依旧，但时间的淘洗、暮年的遭际和身体状况，让他似乎看开、放下了不少，从那异常平静的语调里，我们不难体悟出来。千沟万壑，千头万绪，都敛于平静。穆旦知道，"青春的爱情"本质上是不可强求也无法圆满的遗憾。而且相比1976年时的荒漠凄凉处境，当初爱情的折磨着实不算什么。

穆旦晚期的诗作，依然讲究语言，依然是抽象的抒情，但诗意却明朗澄澈了许多，颇有"绚烂过后归平淡"的意味。穆旦老了，成熟了，他的诗亦如陈年佳酿，虽包装简单，却愈品愈浓。我们发现，诗人越来越倾向于使用自然意象，像《智慧之歌》里的落叶、流星、花、荆棘等，这在他早期的诗作中比较罕见。此种变化让读者感觉亲切了不少。

中国古典诗歌基本就是一个建立在自然意象上的转喻循环体系，像"开轩面场圃，把酒话桑麻"，"问君能有几多愁，恰似一江春水向东流"，等等。国人一看到类似的句子，就油然升起诗的感受、归乡的感觉。这是农业国千年历史培养、熏陶出的牢固的诗性追求和阅读趣味。而曾经从缅甸森林死里逃生的穆旦对自然却没什么好感，在他心里，自然就像个高深莫测的冷血杀手。穆旦晚年诗作里频频征用自然意象和他长期从事浪漫主义诗歌的翻译实践有莫大关系，拜伦、普希金都是浪漫派，自然在他们笔下被视为人的本性而予以肯定和追求，这对穆旦应该会有潜移默化的影响。另一方面，选择自然意象入诗，也是穆旦表达社会关注、参与中国进程的一种努力与表现。

穆旦从来都是具有现实情怀与抱负的诗人，只是这种情怀深藏在他的抽象抒情里不易让人察觉罢了。浅显易懂的自然意象容易让读者读出或联想到与诗句相应的社会现象，将"喧腾的友谊"比作茂盛一时却对即将到来的肃杀的"秋季"一无所知的"花"，就是如此。

1956年，"艺术上百花齐放、学术上百家争鸣"的"双百"方针的推出，受到广大知识分子的热烈响应，穆旦发表了《葬歌》《九十九家争鸣记》等七首诗，结果第二年"反右"，诗人挨批，他的诗作也成了"毒草"，"百花时代"变成了萧瑟的秋天。此后好几年，穆旦主动和几位朋友断绝了往来，因为"怕给人家找麻烦"。想当初穆旦是那么倚重友情，在《还原作用》（1940）一诗中，他写道："安慰是求学时的朋友，/三月的花园怎么样盛开，/通信联起了一大片荒原。"现如今朋辈之间的正常交流、"血的沸腾"被"社会的格局"阻碍了，"热情"亦被"生活的冷风"掐灭。

值得一提的是，1972年8月穆旦最要好的朋友、巴金的夫人萧珊因病去世，穆旦难过极了，他引用拜伦的话说："我感到少了这样一个友人，便是死了自己

130

一部分。"都说知己好友是我们的镜子,一面镜子碎了,自我的影像也随之消逝,再不会有"对影自成双"的温暖与默契了。这种友谊的丧失,想来也是岁月流逝的必然。

第三种丧失是"理想",也就是诗人毕生的信仰,它指引诗人在"荆棘之途"中走得"够远"。"为理想而痛苦并不可怕,/可怕的是看它终于成笑谈",这似乎是穆旦一生荒诞命运的写照,它表明个体努力的无效性或无意义,但诗人仍力图坚守"理想"的底线,一种自我的说服、消耗、抗争、燃烧。想起乔布斯2005年在斯坦福大学毕业典礼上的演讲,他说:"生活会用板砖砸你的头,但一定不要失去信仰。"对穆旦而言,哪怕这种信仰(或者说"理想")是痛苦的,他也要在虚无的荒原中绽放"意义"的花朵。这真是"丰富,和丰富的痛苦"了:

> 只有痛苦还在,它是日常生活/每天在
> 惩罚自己过去的傲慢,/那绚烂的天空都受到
> 谴责,/还有什么彩色留在这片荒原?

爱情、友谊、理想,原是诗歌永恒性的命题,但它们实际都短命得很,穆旦因此感到"痛苦"。他在1976年写的另一首诗《老年的梦呓》中总结说:"年轻

的日子充满了欢乐，／呵，只为了给今天留下苦涩！"穆旦并不怨天尤人，他只是将这种"痛苦"看作是对"自己过去的傲慢"的"惩罚"。"绚烂的天空"受到"谴责"，大地成了一片黑白的"荒原"。在此穆旦象征性地把个人遭际跟广大的社会变动交织起来：自我的惩罚、痛楚被叠印、嵌入到宏观天地的色彩剥夺中，从而写出了一代人的历史记忆与经验。由"痛苦"而来的理性思索，让穆旦超越了生死，他唱出了真正的"智慧之歌"：

> 但唯有一棵智慧之树不凋，／我知道它以
> 我的苦汁为营养，／它的碧绿是对我无情的嘲
> 弄，／我咒诅它每一片叶的滋长。

短短四行诗，穆旦投入了太饱和也太复杂的感情，有领悟也有不解，有接受亦有不甘，以至愤激的诅咒。正是这些看来矛盾纠结的情绪流露，切实展现了晚年穆旦对他本人以及整整一代人的历史经验和生命痛感的智慧总结：智慧的彻悟和获得要以不断的"丧失"为代价。诗人坦然接受了这点，但并不轻易低头。某种程度上，《智慧之歌》就如同穆旦坚守信仰的誓言。它提醒我们，智慧绝非不食人间烟火的超脱与旷达，而应该像一只人生的蝴蝶，虽饱经风霜，仍然要以翩翩的舞姿穿越绵密的现实风雨。

超越绝境的过程

李丹梦讲史铁生《命若琴弦》和《我与地坛》

一

史铁生的这两篇作品都写于 20 世纪 80 年代,《命若琴弦》是在 1985 年,《我与地坛》是在 1989 年。

20 世纪 80 年代是中国当代文学的黄金期。伴随着"文革"的结束与反思,文学进入了一个思想和文体解放的新时期。史铁生的《我与地坛》既像大散文又像小说,这种文体的模糊性,便是文体解放、探索的一个明显例子。在 80 年代,文学的构思开始从政治书写转向个性化的创作探寻。无论是《我与地坛》,还是《命若琴弦》,时代背景都比较模糊,这亦可视为文学构思"向内转"的标记吧。

《命若琴弦》写得如同一则干净简练的寓言,其中蕴含的生命道理显然并不拘于一时具体的政治,而是亘古不变的。就像作品开头暗示的那样:两个瞎子,一老一少一前一后地在苍莽的群山中走着,头上的草帽起伏攒动，"像是随着一条不安静的河水在漂流。无所谓从哪儿来，也无所谓到哪儿去"。

《我与地坛》中的地坛位于北京安定门外，它原是明清两代皇帝在每年夏至时节祭祀土地神的场所，系中国现存的最大的祭地之坛，但史铁生在文中有意隐去了这点，从一开始，地坛就被设置为自我精神的地标。搬了几次家都在地坛周围，"我常觉得这中间有着宿命的味道：仿佛这古园就是为了等我，而历尽沧桑在那儿等待了四百多年"。史铁生一再强调《我与地坛》是散文而非小说，亦有维护和忠于自我心灵的味道。言下之意，这是关于内心、灵魂的诚实敞现与本真的言说，绝无小说式的虚构与造作。可以补充的是，2011年，就在史铁生去世后不久，《天涯》杂志上刊出了《关于在北京地坛公园塑造史铁生铜像的倡议书》，得到很多人的响应，这实可视为广大读者对作家灵魂书写的共鸣与呼应。虽然倡议最终没有实现，但史铁生也值了。在读者心里，地坛已成为史铁生心魂的外化，是生死一如的见证：只要地坛还在，文字还在，逝者就会永在人间。

跟20世纪90年代市场语境下的个性书写相比，20世纪80年代要拘谨得多。除了性欲表现得节制谨慎外，作家对个性的营造还难以摆脱政治的影响。个性的张扬，建立在政治合格、达标的基础上。与这种政治自律相应而来的，是字里行间浓重的理想性、强烈的责任感和道德意识。它们共同构成了80年代文学的特别标记。

某种程度上，史铁生的创作可视为20世纪80年代文学的重要收获。那神圣庄严的语调，执着而不无痛楚的意义追问，便是证明。现在人看史铁生，可能会感觉严肃、沉重甚至"正统"了点，但在80年代，这实在是相当自然的文学旨趣，特别是他对意义、价值的追溯寻求，一下子就让人回到了80年代。因特定的人生遭际，史铁生在文学从政治到个性建构的历史转型中，提供了一种难以复制和超越的、极具魅力的、深度的书写冒险和典范。他不是从欲望、肉身的维度去发掘和树立个性，而是直接切入对生命、存在困境（诸如苦难、生死、信仰、命运等）的凝视与追问。这不仅是个性的根基，也是政治的基础，说起来，政治不也属于人类生命的本能活动与筹划么？一种广义的"欲望"。史铁生就这样以感悟生命、存在之思的方式超越、涵容了政治，进而打造起无与伦比的个性。

二

史铁生1951年1月生于北京，1967年毕业于清华附中，属于老三届。老三届是颇具中国历史特色的一代人，由于在青春成长阶段里亲历了反右、"大跃进"、三年困难时期、中苏论战、"文革"和上山下乡等诸多剧变，这代人大多具有天然的政治情怀与抱负。史铁生也不例外。"文革"爆发不久，史铁生主动要求到延安插队，当了知青。1983年，已在文坛小有名气的史铁生写下了一篇散文《几回回梦里回延安》，可见延安在他内心的分量。那是并不逊于北京地坛的精神所在，在宁静冥思的地坛背后，深藏着延安式的坚毅与理想、挫折与落寞。史铁生在延安待了两年多，因莫名的剧烈腰腿痛回北京治疗，在友谊医院被确诊为"多发性脊髓硬化症"，治了一年，结果却以双腿彻底瘫痪收场。那年史铁生21岁。他在一篇散文里详细记述了这段缠绵病榻、纠结痛苦的经历，标题就叫《我二十一岁那年》。这应该是史铁生个体记忆中最具历史意味的时间标志吧：一个触目惊心的转折，或者说是一个由疾病、创伤开启的个体"新纪元"？《我与地坛》开篇处说地坛"等待我出生，然后又等待我活到最狂妄的年龄上忽地残废了双腿"，指的也是这回事。史铁生一辈子过得相对单纯、单调，他曾自嘲，"职业是生病，业余在写作"。瘫痪后，史铁生在街道工厂工作过七年，做的是在仿古家具上涂抹绘画的活。后来因急性肾损伤，回家疗养。1998年，史铁生因肾衰竭导致尿毒症开始透析。2010年的最后一天清晨，史铁生因突发脑溢血去世。此刻距离他 60 岁生日仅剩 4 天。

史铁生的写作与病痛，尤其是残疾密切相关。他的创作与残疾基本是同时发生、并行延续的。他的作品里，一个弥漫、核心的词就是残疾，《我与地坛》《命若琴弦》的主人公都是残疾者，并由残疾衍生到对尊严、爱情、死亡、宗教（上帝）的绵长思索与探讨。这些都是残疾者生存中必然面临的考验与问题。

《命若琴弦》写到小瞎子与兰秀儿的相恋，最终二人劳燕分飞。据说《我与地坛》中也潜伏着史铁生自己的一个优美而痛苦的爱情故事，他在最后一章的开头暗示了这点："要是有些事我没说，地坛，你别以为是我忘了……有些事只适合收藏。不能说，也不能想，却又不能忘。……它们是一片朦胧的温馨与寂寥，是一片成熟的希望与绝望。"愈是残疾的人，愈渴望关爱。身体的亏空似乎只能由爱（包括爱情、亲情和友情）来充满和弥补，至少在残疾发生的初期，人倾向于如此思维。就此而言，爱情的萌动、构思，实为残疾者自我救赎的本能行动。

在《我与地坛》里，上述爱的几种情愫都有涉及，像母亲的爱，与长跑家的友情，他和"我"之间那悖时不幸的"同病相怜"，还有那个弱智美丽的女孩与她的保护神哥哥，那对经常到园中散步的中年夫妇……他们既是"我"眼中所见的"地坛风景"，又是"我"

内心渴望的投射，就像作者在描述那对中年夫妇时所下的判断："女子个子却矮，也不算漂亮，我无端地相信她必出身于家道中衰的名门富族；她攀在丈夫胳膊上像个娇弱的孩子。"这里的"无端地相信"，很耐人寻味。俗话说，日有所思，夜有所梦。这话亦可反过来讲：夜有所梦，日有所见。地坛就是残疾者梦的延伸与实现，以文学的方式、写作的方式。这里的爱回到了它最初的意思，那就是人与人之间的牵系、联系。爱将残疾者重新纳入人群，给予他自信，缓解了他的孤独与异类感。

对史铁生来说，写作一方面是出于经济因素的考虑，但更重要的是来自心灵的需要：如果不想发疯或自杀的话，他就必须与残疾和解，进而在残疾的格局中踏实知足、尽量心态健康地生活下去。写作即是在践行这种希冀与可能。就此而言，史铁生的诸多作品亦可视为一部别开生面的疾病精神系列史。这是个从腿上开始思想的作家。他的写作和老瞎子的弹唱属于同类性质的构造，二者绝非单纯的艺术或谋生手段，它们就是生活本身，是残疾化存在的展开与对残疾命运的领悟、承受。

但凡遭遇残疾病患的人，都会有个锥心刺骨、徘徊不去的念头：为什么偏偏是"我"？怎么就让"我"撞上了残疾？一旦涉及残疾原因这类关乎命运密码的问题，文学的感知、思维是无法参透的，史铁生也不例外。《命若琴弦》中有个细节，兰秀儿出嫁了，这让小瞎子蓦地意识到残疾的巨大缺陷。他伤心地问师傅："干吗咱们是瞎子！"老瞎子回答："就因为咱们是瞎子。"这想必就是史铁生思考残疾命运的结果了。并没有一个摆在那里的命运让你去测量；追问命运，就像隔空喊话，你听到的都是自己内心的回声。换言之，所有对命运的探索，都会折返自身，它形同自我清理、自我对话、自言自语。

史铁生的写作越到后来越散文化，不仅淡化情节，忽略性格塑造，还频频采用对话的形式（《我与地坛》也是在作者与假想对象——地坛的对话中展开的），宛然一派心灵梦呓或哲学漫笔的模样。这种带有先锋前卫色彩的"向内转"的文体，除了外在的文学转型的感染、感应外，很大程度上是由作者对残疾命运的疼痛困惑、专注迷恋所致。那是种擒住不放的思索与抒情，洋溢着高密度的睿智和理趣，偶尔也会飘出淡淡的忧伤。

想起日本评论家竹内好对鲁迅的评价，他说鲁迅的作品是建立在虚无上的挣扎与舞蹈，史铁生的书写有类似的意味。命运越是没有应答，越是空无，人越要思索下去，越要自我对话、排遣和纾解。瞎眼师徒的问答，便是史铁生思考命运时内心两种声音胶着、辩驳的呈现。最终，个体除了接受残疾的命运安排、自我平复外，别无他途。当然，这需要时间。史铁生的自我平复，也远未结束。

为什么会这样？因为就是这样。这既是接受，亦有不甘。

三

《命若琴弦》的故事很简单。瞎子师徒翻山越岭，以弹琴说书为生。老瞎子始终记着师傅的遗言：必须亲手弹断一千根琴弦作为药引，瞎眼方可重见光明。这成了他浪迹天涯的信念与支撑。

弹断一千根琴弦的日子终于来了，老瞎子激动地从琴槽里取出师傅留下的药方单子去抓药，孰料药房伙计告诉他，那张他苦熬了五十年才等到的药方单，竟是一张无字的白纸。这让老瞎子几乎崩溃，他觉得心弦断了，身体也迅速衰老。直到想起还在等他归来的徒弟，老瞎子才慢慢振作起来。他告诉失恋的徒弟，自己之所以没有复明，是因为记错了师傅的话："得弹断一千二百根。……我没弹够，我记成了一千。"而余下的二百根琴弦，老瞎子永远也弹不完了，他嘱咐徒弟继续弹下去，只要弹断一千二百根，就能看见光明。

当我们读到无字白纸的细节时，不禁愕然。但更让人惊愕的是老瞎子对徒弟的欺骗，虽然是善意的。历来对《命若琴弦》主旨的解读都是过程论：既然所有的目的、信念、希望都是虚设虚无的，既然生命注定是个自我的骗局，那就欢喜地过好每一天吧。

这种由残疾激发的对人生本质的悲剧性认知，让人想到希腊神话里的西绪弗斯。西绪弗斯触犯了天条，宙斯罚他推石上山，抵达山顶后石头因自身的重量又落回原地。西绪弗斯只得永无止息地推下去。再没有比如此无望的劳作更可怖的惩罚了。这是宙斯的估计，一般人想必也是这么认为的。但倘若西绪弗斯在劳作中一直面带微笑，甚至在推石中发现了某种奇妙的节奏，颇为享受地踩着拍子哼起小曲，那宙斯的如意算盘、他精心设置的惩罚岂非落空了？

这就是过程的超越了：不去想目的、结果，而是专注于当下的每个瞬间，如此，原本似乎注定无望的人生悲剧就变成了正剧，甚至喜剧。关于过程超越的想法，史铁生后来在散文《好运设计》中讲得更明确："对，过程，只剩过程了。对付绝境的办法只剩它了。"

《我与地坛》里有句话流传很广："一个人，出生了，这就不再是一个可以辩论的问题，而只是上帝交给他的一个事实；上帝在交给我们这件事实的时候，已经顺便保证了它的结果，所以死是一件不必急于求成的事，死是一个必然会降临的节日。"这不是讴歌死亡，而是在表达悬置或放下死亡后的轻松释然。紧接着这句话，史铁生打了个比方："比如你起早熬夜准备考试的时候，忽然想起有一个长长的假期在前面等待你，你会不会觉得轻松一点儿，并且庆幸并且感激这样的安排？"话里那"长长的假期"指的应该就是人生的过程了。既然躲不开讨厌的考试，回避不了死亡与残疾，那就把过程经营好。

当老瞎子被无字白纸折磨得将死之际，他突然怀念起过去的日子来。他才意识到以往那奔波劳碌的翻山、赶路、弹琴，乃至心焦、忧虑都是多么快乐！为什么不能继续这样的生活呢？自己明明可以做到的。在一个自我设置的执着目标（诸如复明、重新站起或长生不老）上吊死，有意思吗？此时此刻，老瞎子终于明白了师傅的话："记住，人的命就像这琴弦，拉紧了才能弹好，弹好了就够了。"这就是讲求过程的生命态度，是不计结果成败、注重当下的奋斗姿态和艺术人生。老瞎子经由弹琴克服了盲眼的黑暗，而史铁生则由写作改变了残疾的狭隘格局，走向自在的宁谧与充实。

"瓢虫爬得不耐烦了，累了，祈祷一回便支开翅膀，忽悠一下升空了；树干上留着一只蝉蜕，寂寞如一间空屋；露水在草叶上滚动，聚集，压弯了草叶轰然坠地摔开万道金光……"这是《我与地坛》里的句子，有股不同寻常的静气和魅力。它们是史铁生对当下的凝视与冥思，是他在最难熬的一段日子里弹响的生命旋律。作者说这些"都是真实的记录，园子荒芜但并不衰败"。就像他看似单调枯窘的人生，在旋律的鼓动下，每个瞬间竟不期然地透出了浓浓的天籁与生机。

2003年，史铁生获得首届华语文学传媒大奖"2002年度杰出成就奖"。授奖词写得极为贴切，我想以此结束我们今天的讲解："史铁生是当代中国最令人敬佩的作家之一。他的写作与他的生命完全同构在了一起，在自己的'写作之夜'，史铁生用残缺的身体，说出了最为健全而丰满的思想。他体验到的是生命的苦难，表达出的却是存在的明朗和欢乐。"

大时代中的小家庭

文贵良讲杨绛《我们仨》

一

杨绛的《我们仨》是一部怀念亲人的散文集，出版于 2003 年，那一年她九十二岁。

"我们仨"指的是杨绛自己、丈夫钱锺书和他们的女儿钱瑗。女儿钱瑗因患骨结核病于 1997 年去世，不到六十周岁。仅仅一年后，1998 年，丈夫钱锺书又因病去世。两年之内，两位亲人接连离世，留下杨绛一个人孤独地生活。杨绛把自己对丈夫与女儿的思念用文字表达出来，因此这是一部写"死别"的书。生离死别中，"生离"还有团聚的希望，而"死别"再也没有团聚的可能。

"我们仨"这个标题来自杨绛女儿钱瑗的一篇散文的题目。

钱瑗在《我们仨》大题目下，列出了一组标题，依次如下:（一）父亲逗我玩。（二）母亲父亲教我读书。

（三）"我们不离开中国，不想做'白华'。"（四）我犯"混"，大受批评。（五）父母互相改诗——他俩喜爱的游戏。（六）一次铭刻在心的庆祝会。（七）我得了新的"绰号"pedagogoose。pedagogoose是钱锺书给女儿取的雅号，中文意思是"学究呆鹅"。（pedagogoose由 pedagogue 一词加上 goose 演变而来，前者的意思为有学问的教师。）

小题目到此为止，这是钱瑗去世前还在写的文章。杨绛的《我们仨》是完成女儿没有完成的写作，借用女儿散文的题目，把她没有写完的文章继续写完，这是作为文学家母亲的杨绛对丈夫和女儿的最好纪念。

《我们仨》这部散文集分为三个部分，第一部分《我们俩老了》，很短，相当于小说的序幕。第二部分《我们仨失散了》，类似小说笔法，写一个梦。第三部分《我一个人思念我们仨》，这才是主体部分，记叙"我们仨"六十余年的共同生活。

二

杨绛称她的家是"不寻常的遇合"。"遇合"就是相遇组合；"不寻常"就是平凡而不平常。不平常指的是，他们三口之家在 20 世纪中国那些惊涛巨浪中是如何平安过渡的。

《我们仨》的主体部分从杨绛与钱锺书出国写起，时间在1935年8月。1937年5月，女儿钱瑗出生在英国牛津。然后一直写到1998年12月钱锺书去世，前后跨度六十多年。这六十多年中，中国处在大变革的大时代中：先是抗日战争、解放战争；紧接着新中国成立，进入开天辟地的新时代；20世纪50年代的土地改革、公私合营、反右、"大跃进"，运动一波接一波；60年代经过短暂的休整后，"文化大革命"爆发，经历了十年的动荡不安；1978年改革开放，1992年提出建立社会主义市场经济体制，历史又揭开新的一页。

在这样的大变革中，杨绛的"我们仨"经受了时代风雨的冲刷，却没有遭受太多的政治打击，平平安安。这对于一个高级知识分子家庭来说，非常难得。

20世纪50年代没有被打成右派，"文化大革命"中没有遭受迫害，这是如何做到的？

一般人认为，是钱锺书被选入《毛泽东选集》英文翻译小组这一身份做了护身符。这自然是一个重要原因，但不能忽略其他因素。

第一，他们没有被卷入政治旋涡中。如果被卷入政治斗争中，很难全身而退。

第二，他们不争权，不争名，不争利。奉行这三不主义，就不会出现处心积虑打压他们的人。尽管他们有些孤傲，不与人亲近，但也不会有仇恨他们的人。

第三，他们坚持一种沉默姿态。他们在"大鸣大放"中保持沉默，没有提任何批评意见，没有发表任何右派言论。就是有人想抓证据也抓不到。这就如钱锺书的字——默存一样。默存，即默默地生存。因为默默地生存，所以能平安地生存；因为平安地生存，所以能长久地生存。有人会批评他们作为知识分子，没有对社会中的不合理提出批评和抗议，只是明哲保身，不足为训。对于这一点，钱锺书也有自我反省。他在给杨绛的《干校六记》写的序言中，认为杨绛漏写了一篇《运动记愧》，这"愧"就是愧疚。不过，他们没有为了保全自己，去造谣诬陷他人，去落井下石。就此而言，一个知识分子的基本底线是保存了的。

三

杨绛一家是大时代中的小家庭；在大时代的暴风巨浪中，成了一个相对平静的港湾，相对坚实的岛屿。这是温馨的一家、和睦的一家。

杨绛和钱锺书都是知识分子，都很有个性。学会妥协和包容，是构筑温馨的家的基本条件。钱锺书才华横溢，但现实生活能力比较低下，他分不出左右。杨绛喜爱钱锺书，既要能欣赏他的才华，又要能忍受他的笨拙。杨绛在英国生女儿，住在医院里。钱锺书这段时期一个人过日子，每天到产院探望，常常苦着脸说："我做坏事了。"而杨绛每次都是鼓励。这份容忍是保持爱情持久的溶液。

抗日战争中，钱锺书回到上海与杨绛、钱瑗团聚，接到父亲钱基博从湖南寄来的信，要钱锺书去湖南一所国立师范大学任英文系系主任，并侍奉父亲。当时，钱锺书被西南联大聘任为英文系教授。该如何选择？钱家的人都主张钱锺书去湖南，与父亲一起工作，钱锺书不敢违抗父命。独有杨绛认为，钱锺书父亲身边一直有人侍奉，并不需要儿子过去。钱锺书当时就任西南联大教授，学校并没有解聘他，应该去西南联大。但最后，杨绛还是妥协了，钱锺书去了湖南。

即使是最幸福的家庭，也免不了病痛和死亡。丈夫和女儿都病了，两人住在不同医院。杨绛在两个医院之间跑动。如何来记叙这段痛苦的日子，见证亲人离开人世的最后岁月？杨绛采用艺术的表达方式，把丈夫和女儿生病最后离开人世的过程化为一个"万里长梦"。这就是《我们仨》的第二部分。亲人病重，无论对哪方都是一场噩梦。但杨绛的所谓"万里长梦"，也不排除暗示着亲人病好的希望。那场生病死别的过程，对活着的人来说，恍如梦中。把现实生活、对亲人思念而产生的梦幻般的感觉结合起来，把亲人去世的过程写得迷离恍惚。

1981年，杨绛一家搬入三里河寓所，他们拍照留念，还有题记："我们终于有了一个家。"可见搬入三里河寓所，他们一家无限欣喜。

可是等到女儿与丈夫先后离去，对于老人杨绛来说，亲人没有了，家的温馨没有了。杨绛写道："三里河寓所，曾是我的家，因为有我们仨。我们仨失散了，家就没有了。""不过三里河的家，已经不复是家，只是我的客栈了。"

杨绛把三里河寓所比喻为"客栈"自然寄托着对丈夫和女儿的浓浓思念，这是对于他们一家曾拥有的美好过去而言的。相对于杨绛自己的未来来说，客栈的比喻则另有含义。既然三里河寓所是客栈，那么杨绛自己就是旅客。既然是旅客，她的旅途总有一个终点。杨绛知道这个终点是什么，但没有明说。

神学家托马斯·阿奎那曾有一句名言：人生在世，不过是过路的旅客。也许，在阿奎那那里，过路的旅客最终将迎接神的到来。而杨绛把家作为客栈，把自己视为旅客，或许暗示着最后将去另一个世界与丈夫和女儿团聚。

神游的脚步磨得夜气发烫……

张业松讲张炜《融入野地》

一

《融入野地》这篇作品本来是张炜为他的长篇小说《九月寓言》写的代后记,被著名文学期刊《上海文学》的编辑发现后,作为头条并加编者按在 1993 年第 1 期隆重推出,赢来一片叫好之声,成为 20 世纪 90 年代文学中激动人心的文本。

在其后的很多年,这篇作品也一直作为张炜本人和整个时代的代表性作品,被反复转载、选编、讨论和研究,围绕它已经产生了大量的次生文本。因此可以说,这篇产生于离我们最近的当代环境中的作品,也已经是被高度经典化了的经典作品。由于篇幅关系,我们不可能在这里系统回顾《融入野地》的阅读史,不妨先看看同时代的代表性论述。

首先是《上海文学》的"编者的话"。

一般情况下,"编者的话"会比较周全地照顾到该期的多数作品，用很大篇幅谈论其中的一篇算是例外情况。《融入野地》正是作为这样的例外被谈论并给予了时代性定位："我们将张炜的近作《融入野地》列为头条，因为这篇作品不仅仅是张炜的内心独白，而且堪称张炜那一代'知青作家'的一个'精神总结'。"

编者认为，其代表性在于代言了"一代'知青作家'"对于艺术的求索、忠诚和坚贞："《融入野地》中不仅有反思，更有对于未来的心灵宣言：'这个世界的物欲愈盛，我愈从容'，'人需要一个遥远的光点，像渺渺的星斗。我走向它，节衣缩食，收心敛性'，'就为了精神上的成长，让诚实和朴素，让那份好德行，永远也不要远离我'，'那么，漫长的消磨和无声的侵蚀，我也能够陪伴'。张炜在这篇近作中为我们刻画了一个既充满理想情怀，又脚踏大地，坚持其精神劳作的我国新一代知识分子的人格形象。我们可以将这篇文字看作小说，也可以看成是散文，是议论，是诗，是一种超越文体界限的文体。"20世纪90年代初商品经济大潮初起，整个社会和文学一度陷入精神趋向上的迷茫期，做出这样的解读和评价，看来这篇作品首先是让《上海文学》的编者感动了，使他们从中读出了知音之感：在这样的时代"首先是出于自己的需要，而并不是为着市场的需要"写作，坚守"文学性、当代性、探索性"，"我们并不孤单"。

王安忆则从中读出了"情感的生命"，并在写于1995 年的《王安忆选今人散文》的长序对之做了浓墨重彩的评述：

> 　　张炜所命名"野地"的那个东西，是什么呢？它是一个真正与我们肌肤相亲的世界，是我们的情感源于生长的地方。怪也怪张炜在文章开始便以排斥"城市"的说法，非此即彼地导致了乡村的概念。他说："城市是一片被肆意修饰过的野地，我最终将告别它。"我意识到"城市"在此地只是一种代指，代指那隔在我们与"野地"之间的所有地带。它虽是一个形象的词，但却有产生误导的影响。其实这是与城市和乡土都无关的一个概念，它指的是那个最感性的世界，就像文章开头的第二句："我想寻找一个原来，一个真实。"……张炜在这里是以追根溯源的方式讲述感情的形态，他着重的是它的生机，健康而蓬勃而新鲜。那就像他歌颂过的玉米，从泥土里生长出来。他写了许多寻根的句子，可你切莫以为他在寻根，他要做的事比寻根困难得多，也要紧得多，他在寻找那个与我们的情感休戚相关的世界，我们的情感，全

是从此有了反应，形成触动。就好像一只手在黑暗中，失去视力的帮助，去触摸那个给予凉热痛痒的光和力的源。

这是很精彩的评述。可以说是一位卓越艺术家与另一位卓越艺术家之间基于各自的艺术实践和探索经验的真正的同声相应、同气相求。王安忆以艺术家的敏锐，非常准确地把握住了作家的脉搏和作品的脉络，不仅对作品内涵的解读到位，对解读中可能存在的陷阱和误区的提醒，今天看来，也是富于洞见的。

二

让我们回到作品，建立对文本的直观感受。

以下是开篇：

城市是一片被肆意修饰过的野地，我最终将告别它。我想寻找一个原来，一个真实。这纯稚的想念如同一首热烈的歌谣，在那儿引诱我。市声如潮，淹没了一切，我想浮出来看一眼原野、山峦，看一眼丛林、青纱帐。我寻找了，看到了，挽回的只是没完没了的默想。辽阔的大地，大地边缘是海洋。无数的生命在腾跃、繁衍生长，升起的太阳一次次把它们照亮……当我在某一瞬间睁大了双目时，突然看到了眼前的一切都变得簇新。它令人惊悸、感动、诧异，好像生来第一遭发现了四周遍布奇迹。

这是一种陌生而有力的叙述方式，语言极富表现力，几乎一下子就在读者眼前拓开了一片陌生而奇异的境界，生机蓬勃，辽阔而盛大。前面说到，《融入野地》本是长篇小说《九月寓言》的代后记，本质上是一种通常称之为"创作谈"的文体。事实上正是如此。创作如何发生、境界如何达成、技术如何实现、追求在哪方面，如此等等，才是它真正要面对和处理的问题。所以作品中大篇幅看起来一空依傍、孑然独往的诗意化的写景、抒情和议论，并非真正意在对"野地"发思古之幽情，像后来批评者李振所说的那样，背对过度现代化的城市文明，向着失落的乡土乌托邦顶礼膜拜，"用回归乡土、融入野地消解了切实的苦难和不公"，"在有意无意间走向了宿命和精神的萧条"。

正如王安忆所提醒的，"他写了许多寻根的句子，可你切莫以为他在寻根，他要做的事比寻根困难得多，也要紧得多"，在解读张炜作品时要警惕非此即彼的"误导的影响"。实际上作品在说的"野地"风景和处境，"只是没完没了的默想"中的情境，是在"市声如潮，淹没了一切，我想浮出来看一眼原野、山峦，看一眼丛林、青纱帐"的过程中"收视反听，耽思傍讯，精骛八极，心游万仞"的结果。简言之，这是一位作者沉浸到自己的思维和想象世界里神游的情景。有经验的写作者对此都不会陌生，它正是有质量的创作的发端和起意。

所以，《融入野地》中一切关于野地和野地经历的想象和描写，其实都不应该看得太实，而应在象征隐喻的层面去理解。作品从创作的发端和起意开始，立志寻求自己独有的创作之路，由此开始背对人群和喧嚣，舍弃在其中获得的一切装备，朝向未知的荒野，寻求自己的立身之地："这条长路犹如长夜。在漫漫夜色里，谁在长思不绝？谁在悲天悯人？谁在知心认命？心界之内，喧嚣也难以渗入，它们只在耳畔化为了夜色。无光无色的域内，只需伸手触摸，而不以目视。在这儿，传统的知与见已经失去了原有的意义。神游的脚步磨得夜气发烫，心甘情愿一意追踪。承受、接受、忍受……一个人真的能够忍受吗？有时回答能，有时回答不，最终还是不能。我于是只剩下了最后的拒绝。"

"这条长路"即是创作和思考求索之路啊，长路在长夜里伸展，长思不绝，知心认命，悲天悯人。在中国文学史上，创作谈算得上是一种发达的文体，但自古以来能把创作过程说得如此诗意盎然、引人入胜而

155

又精准到位的，我的印象里是前所未见。就创作谈而言，《融入野地》可以说是一篇具有高度原创性的创作谈，其中涉及的创作规律和艺术学主题，是值得好好重视、认真总结的。王安忆所论，也正是这方面的问题。

三

弄清楚了这一点，才能回过头来更好地讨论关于这篇作品的最基础的问题：何谓"融入野地"？

作品中说：

> 田野上有很多劳作的人，他们趴在地上，沾满土末。禾绿遮着铜色躯体，掩成一片。土地与人之间用劳动沟通起来，人在劳动中就忘记了世俗的词儿。那时人与土地以及周围的生命结为一体。看上去，人也化进了朦胧。要倾听他们的语言吗？这会儿真的掺入泥中，长成了绿色的茎叶。这是劳动和交流的一场盛会，我怀着赶赴盛宴的心情投入了劳动。我想将自己融入其间。

这才是"融入野地"的本义，即"赶赴劳动和交流的盛会"。或更准确地说，即是投入劳动，全身心沉浸其中，使"人与土地以及周围的生命结为一体"，在其中消融了自身的存在，也使自身全部化为感觉器官，全面扩大了自身的感知。

作品在这方面感受的描摹上花费了最多的笔墨，也最为出彩，可谓处处警句金句，让人忍不住拿小本子摘抄下来，多多益善：

我隐于这浑然一片，俗眼无法将我辨认。我们的呼吸汇成了风，气流从禾叶和河谷吹过，又回到我们中间。这风洗去了我的疲惫和倦怠，裹挟了我们的合唱。谁能从中分析我的嗓音？我化为了自然之声。我生来第一次感受这样的骄傲。

我所投入的世界生机勃勃，这儿有永不停息的蜕变、消亡以及诞生。关于它们的讯息都覆于落叶之下，渗进了泥土。新生之物让第一束阳光照个通亮。这儿瞬息万变，光影交错，我只把心口收紧，让神思一点点溶解。喧哗四起，没有终结的躁动——这就是我的故地。我跟紧了故地的精灵，随它游遍每一道沟坎。我的歌唱时而荡在心底，时而随风飘动。精灵隐隐左右了合唱，或是合声催生了精灵。我充任了故地的劣等秘书，耳听口念手书，痴迷恍惚，不敢稍离半步。

眼看着四肢被青藤绕裹，地衣长上额角。这不是死，而是生。我可以做一棵树了，扎下根须，化为了故地上的一个器官。从此我的吟哦不是一己之事，也非我能左右。一个人消逝了，一棵树诞生了。生命仍在，性质却得到了转换。

这样，自我而生的音响韵节就留在了另一个世界。我寻求同类因为我爱他们、爱纯美的一切，寻求的结果却使我化为了一棵树。风雨将不断梳洗我，霜雪就是膏脂。但我却没有了孤独。孤独是另一边的概念，洋溢着另一种气味。从此尽是树的阅历，也是它的经验和感受。有人或许听懂了树的歌吟，注目枝叶在风中相摩的声响，但树本身却没有如此的期待。一棵棵树就是这样生长的，它的最大愿望大概就是一生抓紧泥土。

这样的"融入野地"，是忘我、虚己的意愿和境界，是在混沌和喧嚣中使自己宁静下来，重新从根基、底部、立足点和安养自身的基础处汲取力量、自我更新、凤凰涅槃的追求。农耕文明只是其表象和喻体，"野地"与其解读为荒野之地，毋宁解读为精神上的有待开垦和拓殖之地。所以在根本上，这个文本表达的不是精神上的收缩取向，反而是投向未知、洗却浊知、获取新知的精神更生和进取之象。在近代以来的社会思想史上，这是一个经典化情境下的经典化思维形态，在每一个文明转折关头都有其表现形态。

张炜的这篇创作谈及其所附属的长篇杰作《九月寓言》，生逢世界历史和中国社会的转折阶段，表达了明确的告别（"拒绝"）和清算（"孤独"）的意愿。从身心无根状态中摆脱出来，重建生命和生存根基，使生命状态由局限到开阔，从局促到舒展，气象一新，境界全出，确实是有他的独到之处和独得之秘。自那以来四分之一世纪过去了，张炜始终沉浸在自己的艺术世界里，旁若无人地独自劳作，取得了以十卷本《你在高原》（获茅盾文学奖）为代表的丰硕成果。

如果要说今天的普通读者从中能得到什么启示的话，首先应该是一个杰出的艺术生命如何被激发和再造的故事吧！

打开文本，通篇都是这个故事迷人的声音，它所提出的考验是我们是否学会了倾听：

　　　　我消磨了时光，时光也恩惠了我。风霜洗去了轻薄的热情，只留住了结结实实的冷漠。站在这辽远开阔的平畴上，再也嗅不到远城炊烟。四处都是去路，既没人挽留，也没人催促。时空在这儿变得旷敞了，人性也自然松弛。我知道所有的热闹都挺耗人，一直到把人耗贫。我爱野地，爱遥远的那一条线。我痴迷得不可救药，像入了玄门……

……

在我眼里，孤独是可怕的，但更可怕的是放弃自尊。怎样既不失去后者又能葆住心灵上的润泽？也许真的"鱼与熊掌不可兼得"，也许它又是一个等待破解的隐秘。在漫漫的等待中，有什么能替代冥想和自语？我发现心灵可以分解，它的不同的部分甚至能够对话。可是不言而喻，这样做需要一份不同寻常的宁静，使你能够倾听。

……

人需要一个遥远的光点，像渺渺的星斗。我走向它，节衣缩食，收心敛性。愿冥冥中的手为我开启智门。比起我的目标，我追赶的修行，我显得多么卑微。苍白无力，琐屑庸懒，经不住内省。就为了精神上的成长，让诚实和朴素、让那份好德行，永远也不要离我，让勇敢和正义变得愈加具体和清晰。那么，漫长的消磨和无声的侵蚀，我也能够陪伴。

　　这个故事所包含的信息确乎异常丰富，关于孤独与充实、冷漠与温柔、繁复与单纯、卑微与强大、德行和自尊等的辩证与确认，都足以拓展我们的想象、丰富我们的心灵，教给我们何谓有质量的内在充盈的生存……